KB187072

*불가리아 출신*
율리안 모데스트의 에스페란토 원작 희곡

# 브라운 박사는 우리 안에 산다
## Doktoro Braun vivas en ni

율리안 모데스트 지음

**브라운 박사는 우리 안에 산다**

인     쇄 : 2022년 6월 13일 초판 1쇄
발     행 : 2022년 7월 4일 초판 2쇄
지은이 : 율리안 모데스트(JULIAN MODEST)
옮긴이 : 오태영(Mateno)
교정·교열 : 육영애
표지디자인 : 노혜지
펴낸이 : 오태영(Mateno)
출판사 : 진달래
신고 번호 : 제25100-2020-000085호
신고 일자 : 2020.10.29
주     소 : 서울시 구로구 부일로 985, 101호
전     화 : 02-2688-1561
팩     스 : 0504-200-1561
이메일 : 5morning@naver.com
인쇄소 : TECH D & P(마포구)


값 : 13,000원
ISBN : 979-11-91643-57-2 (03890)

*불가리아 출신*
율리안 모데스트의 에스페란토 원작 희곡

# 브라운 박사는 우리 안에 산다
## Doktoro Braun vivas en ni

**율리안 모데스트 지음**
**오태영 옮김**

진달래 출판사

JULIAN MODEST

Doktoro Braun vivas en ni

*

Kripto

Lingve reviziis: Péter András Rados
Kovrilo de László Berényi

ISBN 963 571 2057

Eldonis: Hungara Esperanto-Asocio, 1987.
Respondeca eldonanto: Oszkár Princz Respondeca
redaktoro: Vilmos Benczik hearota: 87-1956

# 목차(Enhavo)

# Doktoro Braun vivas en ni

Roluloj:

Mark Mason - juna ĵurnalisto
Doris Fidel ‒ amikino de Mark
D-ro Robert Falk - direktoro de Sciencesplora Instituto
D-ro Kurt Strig ‒ vicdirektoro de Sciencesplora Instituto
Klaus Hard - ĉefredaktoro de la revuo "Semajno"
D-ro Albert Brand - scienca kunlaboranto
D-rino Maria Blind ‒ scienca kunlaborantino

# 브라운 박사는 우리 안에 산다

등장인물:


마르크 마손 - 젊은 기자
도리스 피델 - 마르크의 여자친구
로베르트 팔크 -  과학연구소 소장
쿠르트 스트리그 - 과학연구소 부소장
클라우스 하르드 - 잡지 세마이노 주 편집장
알베르트 브란드 - 과학연구소 연구위원
마리아 블린드 - 과학연구소 여자 연구위원

# UNUA SCENO

La scenejo prezentas ĉambron el la loĝejo de Mark Mason. Sur la scenejo videblas kafotablo, du foteloj, libroŝranko, telefono.

Kiam la publiko okupas la sidlokojn en la teatra salono, sur la scenejo estas neniu. Iom post iom la bruo en la teatra salono silentiĝas. Malantaŭ la kulisoj aŭdiĝas krako de ŝlosilo, malfermo de pordo, malklara parolo de viro kaj virino. La ĉambron eniras Mark kaj Doris. Mark ŝaltas la lampon, kiu lumigas la ĉambron.

DORIS: Kion ni faros ĉi-vespere?

MARK: Mi havas mil ideojn.

DORIS: Ekzemple?

MARK: Unue; dum vi preparos la vespermanĝon, mi spektos la novaĵkronikon de la televido, due: ni vespermanĝos, kaj trie: ni enlitiĝos por ke ni povu pli oportune spekti la filmon. Kion vi opinias pri tio?

DORIS: Bonege, sed tio estas nur la unua ideo, mi deziras aŭdi ankaŭ viajn aliajn naŭcent naŭdek naŭ ideojn, kaj nur tiam mi povus elekti la plej allogan ideon por la pasigo de tiu ĉi vespero.

# 1장

무대는 마르크 마손 집의 방을 보여 준다. 무대 위에 커피용 탁자, 안락의자 두 개, 책장, 전화기를 볼 수 있다. 관객이 극장 좌석에 앉을 때, 무대 위에는 아무도 없다. 조금씩 극장 내 소음이 사라진다. 배경 뒤에서 열쇠 돌리는 소리가 나고, 문이 열리면서 남자와 여자의 불분명한 대화 소리가 들린다. 방으로 마르크와 도리스가 들어온다. 마르크는 전등을 켜서 방을 밝힌다.

도리스: 오늘 저녁에 뭘 할까?
마르크: 계획을 천 가지나 세워뒀지.

도리스: 예를 들면?
마르크: 먼저, 네가 저녁을 준비할 때 난 TV 뉴스를 본다. 그다음, 우리 둘이 저녁을 먹는다. 마지막으로, 영화를 편안한 자세로 보려고 침대에 눕는다. 어때? 괜찮아?

도리스: 아주 좋아! 하지만 그건 딱 한 가지잖아. 당신의 999가지 계획을 다 듣고 싶군. 그래야 오늘 밤을 보낼 가장 매력적인 계획을 고를 수 있겠어.

**MARK**: Kara Doris, ĉu vi havus paciencon aŭdi ĉiujn naŭcent naŭdek naŭ ideojn. Se mi komencus rakonti ilin al vi, tiam ni ne havos zorgojn pri la pasigo de tiu ĉi vespero. Ni sidos unu kontraŭ la alia, mi rakontos – vi aŭskultos, kaj tiel nesenteble kaj agrable pasos ne nur la vespero, sed ankaŭ la tuta nokto.

**DORIS**: Vidu, ankaŭ tiu ĉi ideo plaĉas al mi. En ĝi estas fantazio. Tamen ĝis nun mi aŭdis nur du ideojn. Kiu estas via tria ideo?

**MARK**: Doris kara, vi tre rapidas. Mi iom laciĝis vicigi miajn geniajn ideojn por ĉi tiu vespero. Ni faru etan paŭzon, kaj ni trinku ion. Kion vi preferas; konjakon, viskion aŭ eble rumon?

**DORIS**: Ĉu la trinkado ankaŭ apartenas al la ideoj por tiu ĉi vespero?

**MARK**: Ne. Por ĉiuj vesperoj, la trinkado estas nur helpideo.

**DORIS**: Bonege. Mi petas viskion.

(Mark iras al la ŝranko, prenas el ĝi botelon de viskio, du glasojn, kaj verŝas viskion en la glasojn.)

**MARK**: Je via sano, Doris.
**DORIS**: Je la via, MARK.

마르크: 사랑하는 도리스, 999가지를 모두 들을 인내심은 있고? 내가 그걸 다 얘기한다면, 오늘 밤을 보낼 걱정은 없을 거야. 우리 마주 보고 앉자. 내가 얘기할게, 당신은 들어줘. 그러는 사이에 기분 좋게 오늘 저녁과 온 밤이 지나갈 거야.

도리스: 그래, 그 계획도 마음에 쏙 들어. 아주 환상적이야! 하지만 이제까지 딱 두 가지만 들었어. 세 번째 계획은 뭐야?

마르크: 사랑스러운 도리스, 당신은 정말 급하군! 난 오늘 밤을 위한 천재적인 계획들을 나열하는 데 벌써 지쳤어! 좀 쉬자! 뭘 좀 마시자. 코냑이나 위스키나 럼주, 어느 게 좋아?
도리스: 술 마시기도 오늘 저녁을 위한 계획에 속하겠지?

마르크: 아니! 당신과 함께하는 매일 저녁을 위해 술은 기본이지!
도리스: 아주 좋아, 위스키를 부탁해!

(마르크는 선반으로 가서 위스키병과 잔 두 개를 들고 와 잔에 위스키를 따른다.)

마르크: 당신 건강을 위해, 도리스!
도리스: 당신 건강을 위해, 마르크!

**Mark**: Hodiaŭ mi havis bonan tagon.

DORIS: Ĉu?

MARK: Imagu, Hard, la ĉefredaktoro, diris al mi, ke verŝajne oni baldaŭ sendos min kiel korespondanton de la revuo en Tokion. Ĉu vi povas imagi tion, Doris? Mark Mason korespondanto de la revuo "Semajno" en Tokio!

DORIS: Tio fakte estas neimagebla.

MARK: Sed mi opinias, ke en la redakcio de "Semajno" mi estas la plej taŭga persono por tiu ĉi ofico.

DORIS: Komprenebla al vi neniam mankis modesteco.

MARK: Sed ankaŭ vi opinias, ke mi estas la plej taŭga ĵurnalisto por tiu ĉi ofico, ĉu ne?

DORIS: Jes, vi estas la plej talenta ĵurnalisto, kiun mi konas kaj amas. Ĉu vi estas kontenta, sinjoro ĵurnalisto?

MARK: Jes, fin-fine ankaŭ vi rekonis mian talenton.

(Subite eksonoras la telefono. Mark levas la parolilon.)

MARK: Jes, parolas Mark Mason. Jes, la ĵurnalisto Mark Mason. Sed, sinjoro, kiu vi estas?

마르크: 오늘은 좋은 날이야.
도리스: 정말?

마르크: 상상해 봐, 주 편집장인 하르드 씨가 나를 도쿄에 잡지사 특파원으로 보낼 거라고 내게 말했어! 정말 상상도 못 한 일이잖아, 도리스!
잡지사 **세마이노**의 도쿄 특파원 마르크 마손!
도리스: 정말 멋져!

마르크: 세마이노 편집부에선 이 업무에 가장 적합한 사람을 바로 이 몸이라고 생각하지!
도리스: 참 나! 당신은 겸손함이 전혀 없군.

마르크: 당신도 내가 이 업무에 가장 적합한 기자라고 생각하잖아, 그렇지?
도리스: 응, 당신은 내가 알고 사랑하는 가장 유능한 기자야, 만족해, 기자 양반?

마르크: 그래, 마침내 당신도 내 소질을 인정하는구나!

(갑자기 전화벨이 울린다. 마르크가 수화기를 집어 든다.)

마르크: 예, 마르크 마손입니다. 예, 마르크 마손 기자입니다. 선생님은 누구시죠?

Mi ne konas vin, nek komprenas pri kio temas. Jes, nun mi komprenas. Vi parolas pri la artikolo, kiun mi verkis, kaj kiu aperis en la hodiaŭa numero de revuo "Semajno". Jes, jes, nun mi komprenas, sed ĉio, kion mi skribis, estas vero. Nenion mi elpensis. Ĉio estas dokumentita, kaj pri la kuracado per tiu ĉi kuracilo ekzistas plurhora aŭtentika filmo. Tamen, sinjoro, estas iu miskompreno. Mi denove ripetas, ke mi nenion elpensis aŭ mensogis. Ĉio estas vera, kaj ĉiu aserto, kiu aperis en la artikolo, estas dokumentita. Sinjoro, mi ne permesas al Vi ofendi kaj akuzi min! Mi bone scias kion kaj kiel oni devas aperigi. Sinjoro, mi refoje diras...

(Mark kolere remetas la parolilon.)

DORIS: Kio okazis, Mark? Kiu telefonis?

MARK: Iu nekonata ulo riproĉas min, ke mi skribis mensogojn, ke la kuracilo de doktoro Braun tute ne havas efikon, kaj per mia artikolo, kiu aperis hodiaŭ en "Semajno", mi mensogas kaj trompas la honestajn homojn.

DORIS: Sed de kie li scias vian telefonnumeron?

MARK: Ne estas malfacile trovi ĝin.

전 선생님을 모르고, 지금 무슨 말을 하는지 이해도 안 됩니다. 아, 예, 이제 알겠습니다.

세마이노 잡지 이번 호에 실린 제 기사를 말씀하시는군요!

예, 예, 지금 이해했습니다만, 제가 쓴 모든 것은 팩트, 사실입니다. 아무것도 상상해서 쓴 게 아니라고요! 모든 증거는 서류로 남아 있고, 게다가 이 치료제를 사용한 치료과정은 여러 시간짜리 믿을 만한 영상으로도 남겨놨다고요! 선생님! 무슨 오해가 있으신가 보네요. 다시 반복하지만, 난 아무것도 상상해서 쓰거나, 거짓말하지 않았습니다! 모든 게 사실이고, 기사에 나온 모든 주장은 서류로 기록돼 있습니다! 선생님, 제 명예를 훼손하거나 저를 고소한다면, 저도 가만있진 않겠습니다.

나는 사람들이 무엇을, 어떻게 표현하려는지 잘 압니다. 선생님, 다시 한번, 말씀드리는데….

(마르크는 화가 나서 수화기를 내려놓는다.)

도리스: 무슨 일이야, 마르크? 누가 전화했어?

마르크: 어떤 모르는 남잔데, 내가 거짓 기사를 썼다면서 브라운 박사의 치료제가 전혀 효과가 없다는 거야. 세마이노에 오늘 나온 내 기사로, 내가 거짓말을 해서 정직한 사람들을 속인다면서 나를 비난했어!

도리스: 당신 전화번호는 어디서 알아냈지?

마르크: 그걸 찾는 건 어렵지 않아,

En la telefonlibro estas ne nur mia nomo, sed ankaŭ mia profesio, kaj tiu ĉi stultulo tuj kaptis min.

DORIS: Li certe estas frenezulo, kiu ofte telefonas al ĵurnalistoj por riproĉi ilin. Verŝajne tio estas lia hobio, kaj nun „feliĉe", via artikolo direktis lin al vi.

MARK: Verŝajne li estas frenezulo, sed kelkfoje li ripetis, ke jam unu jarojn li kuracas sin en la hospitalo de doktoro Braun, sed de tago al tago, lia sanstato pli kaj pli malboniĝas. Li eĉ nomis min carlatano, kaj li demandis min, kiom da mono mi ricevis de doktoro Braun por la aperigo de tiu ĉi fireklamo.

DORIS: Eble li pravas.

MARK: Kio? Ĉu vi same kredas, ke mi aperigis fireklamon?

DORIS: Ne ofendiĝu, Mark, sed hodiaŭ ankaŭ mi tralegis vian artikolon en "Semajno", kaj ankaŭ mi ne komprenas kial vi verkis ĝin?

MARK: Verŝajne ankaŭ vi pensas, ke mi ricevis monon de doktoro Braun por verki la artikolon, ĉu ne?

DORIS: Ne, sed per tiu ĉi artikolo vi asertas ion, kio ankoraŭ ne estas pruvita.

전화번호부에는 내 이름에다 내 직업도 적혀있지. 이 바보가 금세 나를 찾았지.

도리스: 그 사람은 분명 기자들을 비난하려고 자주 전화를 거는 미친 사람일 거야. 그게 그런 사람의 취미고, 지금은 불행히도 당신 기사가 그에게 꽂혔어.

마르크: 정말 미친놈이야. 하지만 그가 반복해서 말하기를 지난 1년간 브라운 박사 병원에서 치료했지만, 날이 지날수록 자기의 건강상태가 악화했대! 나를 협잡꾼이라고 부르면서, 이 더러운 광고를 낸 대가로 브라운 박사에게 얼마를 받았냐고 묻네!

도리스: 아마 그가 맞을 거야.
마르크: 뭐라고? 내가 더러운 광고를 냈다고 당신도 그렇게 생각해?

도리스: 화내지 마, 마르크! 오늘 나도 세마이노에 나온 당신 기사를 훑어봤어. 나 역시 당신이 왜 그걸 썼는지 이해가 안 됐어.

마르크: 정말 당신도 내가 기사를 쓴 대가로 브라운 박사에게 돈을 받았다고 생각하지, 그렇지?

도리스: 아니! 하지만 당신은 이 기사로 아직 증명되지 않은 무언가를 주장하고 있어!

Ankoraŭ neniu scias ĉu la kuracilo de doktoro Braun kontraŭ la kancero, estas efika aŭ ne.

MARK: Sed ankaŭ vi scias, ke doktoro Braun jam de jaroj eksperimentas la kuracilon en sia hospitalo, kaj ĝi vere havas miraklan efikon.

DORIS: Tio estas nur miraklaj famoj, Mark. Ĝis iu instituto, kiel la nia, ne estas esplorinta tiun ĉi kuracilon, neniu povas diri ĉu la medikamento havas efikon aŭ ne.

MARK: Jes, la kuracilo de doktoro Braun jam de jaroj kuŝas en via Instituto, kaj ĝis la Instituto oficiale anoncos ĉu tiu estas taŭga aŭ ne, en la tuta lando vastiĝos la famoj, ke ĝi estas mirinda, aŭ ke doktoro Braun estas frenezulo, memfidulo, ĉarlatano. Nun, per tiu ĉi artikolo "Semajno" ne nur donis oficialan informon pri doktoro Braun kaj pri lia kuracilo, sed ankaŭ publike demandas, kial en via Instituto oni ankoraŭ ne esploris la inventaĵon, kaj kial oni ne diris ĉu tiu havas efikon aŭ ne.

DORIS: Mi nur ne komprenas, kiel "Semajno" donis oficialan informon pri doktoro Braun kaj lia kuracilo, se nia Instituto ankoraŭ nenion konkretan diris pri ĝi. Ĝis nun mi sciis, ke vi estas ĵurnalisto, Mark, sed mi ne sciis, ke vi estas ankaŭ specialisto pri kancermalsanoj.

브라운 박사의 항암 치료제에 효과가 있는지 없는지는 아직 아무도 몰라!

마르크: 하지만 당신도 알다시피 브라운 박사는 벌써 여러 해 전부터 자기 병원에서 치료제를 실험했고, 그건 정말 기적의 효과를 나타내고 있다고!

도리스: 기적이란 건 단지 소문일 뿐이야! 마르크, 우리 연구소 같은 곳에서 이 치료제를 조사한 적은 아직 없어! 이 약품이 효과가 있는지 없는지는 아직 그 누구도 단정해서 말할 수 없다고!

마르크: 그래, 브라운 박사 치료제는 벌써 여러 해 전부터 당신 연구소에서 쿨쿨 잠자고 있지! 연구소가 이것이 적당한지 아닌지 공식적으로 알릴 때까지는, 온 나라에 그것이 놀랄만하다거나, 아니면 브라운 박사가 미치광이, 자기과시자, 협잡꾼이라는 소문이 쫙 퍼질 거야! 지금 내 기사로 세마이노는 브라운 박사나 그의 치료제에 대해 공식적인 정보를 줄 뿐만 아니라, 당신 연구소에 왜 그 발명품을 아직 조사하지 않는지, 왜 그것이 효과가 있다 없다를 말하지 않는지를 공개적으로 묻고 있지.

도리스: 우리 연구소가 아직 브라운 박사의 치료제에 관해 어떤 것도 확실히 말하지 않았는데, 잡지사인 세마이노가 어떻게 그에 관해 공식적인 정보를 알고 기사를 낼 수 있는지 나는 도저히 이해를 못 하겠어! 지금껏 난 마르크 당신이 기자란 건 알고 있었지만, 암 질병 전문가인 줄은 몰랐네!

**MARK**: Doris, nun via ironio estas tute superflua.

**DORIS**: Sed en via artikolo vi skribas, ke per tiu ĉi kuracilo doktoro Braun kuracis okdek procentojn el la malsanuloj, ke per tiu ĉi kuracilo li revivigas homojn. Mi ne scias, ĉu mi ridu aŭ ploru, ĉar per tiu ĉi artikolo al neniu vi helpas, Mark, sed vi donas vanajn esperojn al la homoj.

**MARK**: En la artikolo mi skribis nur tion, kion mi vidis.

**DORIS**: Jes, mi bone scias, ke la ĵurnalistoj skribas nur tion, kion ili vidas, sed strange, ili ĉiam vidas sensaciojn. El hazarda vorto ili kapablas elfabriki tutan historion.

**MARK**: Kiel malbone vi konas la ĵurnalistojn, Doris! Ĉu vi opinias, ke mi povas verki artikolon pri problemo, kiun mi ne pristudis detale, ĉu vi opinias, ke mia ĉefo Klaus Hard per nepruvitaj informoj riskos la sorton de la revuo, kiun li redaktas jam de pli ol dudek jaroj.

**DORIS**: Sed mi tute ne komprenas, kial vi estas tiel certa, ke la kuracilo de doktoro Braun vere havas efikon?

**MARK**: Nun, kiam ĉio finiĝis, kaj mi esperas, ke sukcese, mi povas malkaŝi ion al vi.

**DORIS**: Ĉu profesian sekreton?

**MARK**: Jes, profesian sekreton.

마르크: 도리스, 당신 말이 너무 지나치군!

도리스: 당신은 브라운 박사가 환자 80%를 이 치료제로 고쳤고 사람들을 살렸다고 기사에 썼어! 이 기사가 누구에게도 도움이 되지 않기 때문에 난 웃어야 할지 울어야 할지 모르겠다고!

마르크, 당신은 사람들에게 헛된 희망을 안겨주고 있을 뿐이라고!

마르크: 기사에서 나는 내가 본 것만을 썼어!

도리스: 그래, 기자는 자기가 본 것만 쓴다는 걸 나도 잘 알아. 하지만 기자들이 항상 특종만 본다는 건 정말 이상해! 교묘한 말 몇 마디로 기자들은 모든 역사를 창조해 낼 수 있어!

마르크: 도리스, 당신은 기자를 정말 나쁘게 보고 있군그래! 당신은 내가 자세히 조사한 문제에 관해서만 기사를 쓸 수 있다고 생각하는 거야?

또 내 상관 **클라우스 하르드**가, 이십 년 이상이나 편집을 책임져 온 잡지사의 운명을 입증이 안 된 정보로 감수한다고 생각하는 거냐고?

도리스: 하지만 브라운 박사의 치료제가 효과 있다는 걸 왜 그렇게 당신이 확신하는지 나는 전혀 이해를 못 하겠다고!

마르크: 모든 게 끝날 즈음엔, 내가 확실한 걸 말해줄 수 있겠지.

도리스: 직업상 비밀이야?

마르크: 그래, 직업상 비밀이야!

Dum la lastaj dek monatoj, ĉiutage je la oka matene ĝis la kvara posttagmeze, mi laboris en la hospitalo de doktoro Braun.

DORIS: Kion signifas tio?

MARK: Kompreneble vi ne povas imagi, ke dek monatojn mi laboris kun doktoro Braun.

DORIS: Sed, Mark, mi nenion komprenas.

MARK: Ĉio estas tre klara. Dum unu el la redakciaj kunsidoj, Hard demandis kiu el ni pretas dek monatojn labori ekster la redakcio. Hard klarigis, ke la ĵurnalisto, kiu akceptus tiun ĉi proponon, ricevos pli altan salajron, sed dum tiu ĉi periodo, li ne rajtas publikigi artikolojn, kaj neniu devas scii kie kaj kion li laboras.

DORIS: Kiom da homoj akceptis tiun ĉi proponon?

MARK: Mi kaj Hegen. Verŝajne la aliaj ne havis kuraĝon. Ĉiuj ni pensis, ke temas pri senvualigo de iu politika skandalo aŭ de iu malleĝa financa afero, kaj pro tio, iu el ni devas dum pluraj monatoj labori kiel simpla oficisto en iu oficejo aŭ entrepreno.

DORIS: Kaj kial Hard elektis vin kaj ne Hegen?

MARK: Eble tial, ĉar mi estas pli juna ol Hegen, kaj mi ne estas edziĝinta, aŭ eble Hard pli fidas min ol Hegen.

지난 열 달간 난 매일 아침 8시부터 오후 4시까지 브라운 박사 병원에서 일했어.

도리스: 그게 무슨 뜻이지?
마르크: 물론, 당신은 내가 브라운 박사와 함께 일한 걸 상상도 할 수 없겠지.

도리스: 마르크, 난 도무지 아무것도 이해가 안 돼!
마르크: 모든 건 아주 분명해. 편집 회의 중에 하르드 편집장이 우리 중 누가 열 달간 편집실 밖에서 일할 수 있느냐고 물었어. 이 제안을 수락한 기자는 더 많은 급여를 받는 대신, 이 기간에 취재한 기사는 발표할 권리가 없고, 어디서 무얼 하는지 아무에게도 알려서는 안 된다는 조건이었어.

도리스: 몇 사람이나 그 제안을 받아들였니?
마르크: 나와 **헤렌** 두 사람. 다른 사람은 용기를 못 냈지. 정치적인 추문이나 불법적인 경제 사건을 밝히는 차원이었기 때문에, 우리 둘 중 한 사람은 여러 달 동안 사무실이나 기업에 위장 취업해서 사무원으로 일해야만 했어.

도리스: 왜 하르드 씨는 헤렌이 아니라 당신을 택했지?
마르크: 내가 헤렌보다 젊어서였겠지. 그리고 미혼인 데다 편집장이 헤렌보다 나를 더 신뢰했겠지.

**DORIS**: Sed, Mark, mi tute ne povas imagi kion vi faris dum dek monatoj en la hospitalo de doktoro Braun?

**MARK**: Mi observis la malsanulojn.

**DORIS**: Sed kial, kiel? Ĉu oni sciis, ke vi estas ĵurnalisto, kaj vi troviĝas en la hospitalo nur por observi la malsanulojn?

**MARK**: Krom doktoro Braun neniu sciis, ke mi estas ĵurnalisto. Por la malsanuloj, kaj por la gekolegoj de la doktoro, mi estis nur fotisto, kiun la hospitalo dungis por fari filmon, kaj tiamaniere registri kiel la sanstato de la malsanuloj de tago al tago pliboniĝas aŭ malboniĝas.

**DORIS**: Kaj ĉu vi de la mateno ĝis la vespero nur observis la malsanulojn?

**MARK**: Jes, de la mateno ĝis la vespero mi observis ilin tra la objektivo de la kamerao, kaj tiel de tago al tago, eĉ de horo al horo, mi registris ilian resaniĝon. Doris, ĉu vi povas imagi, ke en la hospitalon venis homoj por kiuj eble oni jam preparis la ĉerkon, kaj post kelkaj monatoj tiuj ĉi homoj tute sanaj forlasis la malsanulejon. Multaj el ili venis en la hospitalon de doktoro Braun por provi ankaŭ la lastan esperon, kaj multaj inter ili ja ne kredis je miraklo.

도리스: 마르크, 브라운 박사 병원에서 열 달간 당신이 무얼 했는지 난 전혀 상상이 안 돼.

마르크: 환자들을 살폈어.

도리스: 왜? 어떻게? 당신은 기자인데 어떻게 사람들이 기자가 환자들을 살피러 병원에 있다고 생각하지?

마르크: 브라운 박사를 제외하곤 누구도 내가 기자인 줄 몰라. 환자나 박사의 동료들은 나를 환자의 건강상태가 날이 갈수록 어떻게 호전하는지, 아니면 어떻게 악화하는지를 영상으로 찍고 서류로 남기기 위해 병원이 고용한 사진사로 알았지.

도리스: 아침부터 저녁까지 환자들만 살폈어?

마르크: 응, 아침부터 저녁까지. 난 카메라 렌즈를 통해 그들을 살피면서 날마다 시간마다 그들의 건강 회복 상태를 영상으로 기록했어. 도리스, 입원할 땐 관에나 들어갈 것 같은 사람들이 몇 달 뒤에 완전히 건강해져서 병원을 떠나는 모습을 감히 상상이나 할 수 있겠니? 그들 대다수는 마지막 희망을 품고 브라운 박사 병원에 들어오지. 그들도 처음엔 기적을 믿지 않아.

Dum la unuaj kelkaj monatoj ankaŭ mi ne deziris kredi tion, sed kiam de tago al tago, antaŭ miaj okuloj, mi vidis ne skeletojn, sed viglajn homojn mi ekkredis je la kuracilo de doktoro Braun. Per miaj propraj okuloj mi vidis, ke la medikamento havas efikon, ke doktoro Braun ne estas frenezulo aŭ ĉarlatano, kaj tio, kion li asertas, estas vera. Tion mi filmis kaj tion mi dokumentis, Doris.

(Kurteno)

나도 처음 몇 달 동안은 믿고 싶지 않았어. 하지만 날마다 내 눈앞에서 뼈와 가죽만 남은 사람을 본 것이 아니라, 브라운 박사의 치료제를 믿기 시작하는 사람들을 봤어! 내 두 눈으로 똑똑히 의약품이 효과가 있다는 걸! 브라운 박사는 미치광이나 협잡꾼이 아니라는 걸! 그가 주장한 모든 것이 사실인걸! 난 똑똑히 보았어. 나는 그걸 영상으로 찍고 서류로 기록했어, 도리스!

(막)

# DUA SCENO

La scenejo prezentas la kabineton de d-ro Robert Falk, direktoro de la Sciencesplora Instituto pri Kancerologio. En la kabineto videblas masiva skribotablo kaj longa tablo por kunsidoj kun kelkaj seĝoj. En la kabineto estas d-ro Robert Falk kaj d-ro Kurt Strig, la vicdirektoro de la Sciencesplora Instituto.

**ROBERT**: Kurt, ĉu vi tralegis la artikolon en la hieraŭa numero de "Semajno"?
**KURT**: Pri kiu artikolo temas, profesoro Falk?
**ROBERT**: La artikolo pri doktoro Braun.
**KURT**: Jes, mi tralegis ĝin.
**ROBERT**: Kaj kio estas via opinio?
**KURT**: Ĉu pri doktoro Braun?
**ROBERT**: Ne, pri la artikolo.
**KURT**: Mi opinias, ke la artikolo estas kompetente verkita kaj bazita sur faktoj, kiujn ĝis nun ni ne konis. La ĵurnalisto asertas, ke okdek procentoj el la malsanuloj tute resaniĝis dank' al la kuracilo de doktoro Braun. Tio signifas, ke la kuracilo montras. veran efikecon, kaj mi opinias, ke ni devas pli detale esplori kaj analizi tion.

# 2장

무대는 암 과학연구소 소장인 로베르트 팔크 박사의 사무실이다. 사무실에는 대형 책상과 회의용 긴 탁자와 의자 몇 개가 놓여 있다. 사무실에서 로베르트 팔크 박사와 과학연구소 부소장 쿠르트 스트리그 박사가 대화를 나눈다.

로베르트: 쿠르트 부소장, 어제 나온 세마이노 기사를 훑어봤나?
쿠르트: 어떤 기사 말인가요, 팔크 소장님?

로베르트: 브라운 박사에 관한 기사.
쿠르트: 예, 전부 읽었습니다.

로베르트: 부소장 의견은 어떤가?
쿠르트: 브라운 박사에 관해서요?

로베르트: 아니, 기사에 관해
쿠르트: 기사는 훌륭하게 쓰여 있고, 우리가 지금껏 알지 못한 사실에 바탕을 두었더군요. 기자는 브라운 박사 치료제 덕에 환자 80%가 완전히 다시 건강해졌다고 주장합니다. 그건 치료제가 진짜 효과가 있다는 걸 의미하죠. 우리도 더 자세히 브라운 박사 치료제를 조사하고 분석해야 한다고 생각합니다.

**ROBERT:** Se mi bone memoras, antaŭ tri jaroj, doktoro Braun transdonis al nia Instituto la priskribojn kaj la dokumentadon de la kuracilo, por ke ni pristudu ilin. Ĉu ĝis nun neniu okupiĝis pri ili?

**KURT:** Neniu. La priskriboj kaj la dokumentado de la kuracilo estas ĉe mi. Ĝis nun mi ne havis la eblon okupiĝi pri ili. Tiam vi diris, ke la afero ne urĝas, sed baldaŭ ni komencos pristudi la priskribojn de tiu ĉi kuracilo.

**ROBERT:** Kaj kiam ni havos iujn konkretajn rezultojn?

**KURT:** La esploroj kaj analizoj bezonas multe da tempo, sed ni provos baldaŭ anonci la unuajn rezultojn.

**ROBERT:** Kaj tiamaniere nia Instituto oficiale pruvos la efikon de la kuracilo de doktoro Braun, ĉu ne?

**KURT:** Jes, post la detalaj esploroj ni povos certe diri ĉu tiu estas efika aŭ ne.

**ROBERT:** Kaj se ĝi estas efika, ĉu vi supozas, kia estos la rezulto de tio?

**KURT:** ·La intereso al la inventaĵo certe estos grandioza.

**ROBERT:** Jes, la rezulto estos grandioza!

로베르트: 내가 제대로 기억한다면, 3년 전 브라운 박사는 우리 연구소에 치료제 처방과 관련 자료를 깊이 조사해달라고 전해주었지. 지금껏 누구도 그걸 맡고 있지는 않지?

쿠르트: 예, 아무도 맡지 않고 치료제 처방과 관련 자료는 제가 가지고 있습니다. 지금껏 저는 그것을 맡아 할 만한 시간이 없었어요. 당시, 소장님께서 그 일은 급하지 않다고 말씀하셔서 미뤘지만, 우리도 곧 이 치료제 처방을 깊이 조사할 겁니다.

로베르트: 확실한 결과는 언제 알 수 있나?

쿠르트: 조사와 분석에는 많은 시간이 소요됩니다만, 머지않아 1차 결과를 발표할 겁니다.

로베르트: 그런 식으로 우리 연구소가 브라운 박사 치료제 효과를 공식적으로 검증하게 된다, 그렇지?

쿠르트: 예, 자세히 조사해야 효과가 있는지 없는지 분명히 말할 수 있습니다.

로베르트: 만약 치료제에 효과가 있다면, 그 결과는 어떨거로 예상하나?

쿠르트: 치료제에 관한 관심은 분명 커질 겁니다.

로베르트: 그래! 결과는 지대할 거야!

La plej granda kaj aŭtoritata Sciencesplora Instituto pri Kancerologio oficiale pruvis la efikon de kuracilo, inventita de iu nekonata doktoro, kies fako eĉ ne estas la kancerologio.

KURT: Sed se la kuracilo vere havas efikon, tute ne gravas kiu inventis ĝin. Nia Instituto, en kunlaboro kun doktoro Braun, eventuale povus perfektigi ĝin.

ROBERT: Kiel vi imagas tion, Kurt? Ĉu nia Instituto, kiu posedas modernan teknikon, kaj ricevas grandan ŝtatan subvencion, kunlaboru kun iu nekonata doktoro?

KURT: Kial ne? Ni havas multajn eksterajn kunlaborantojn.

ROBERT: Sed ne forgesu, Kurt, ke ankaŭ en nia Instituto laboras armeo da sciencaj kunlaborantoj, kiuj konstante prezentas disertaciojn, aperigas sciencajn artikolojn, kaj kiuj dum jardekoj havis preskaŭ nenian rezulton en la kancerologio. Kaj nun, laŭ tiu ĉi artikolo, nekonata doktoro inventis sola tion, kion tuta sciencesplora instituto ne sukcesis. Ĉu vi, doktoro Strig, ne opinias, ke tio kaŭzos skandalon?

KURT: Mi komprenas vin, profesoro Falk.

ROBERT: Dankon, Kurt.

암에 관해 가장 중요하고 권위 있는 과학연구소에서 공식 전문분야가 암이 아닌, 유명하지도 않은 박사가 연구한 치료제 효과를 검증해 주는 거지.

쿠르트: 하지만 치료제에 정말 효과만 있다면, 누가 그걸 연구했는지는 전혀 중요하지 않습니다. 우리 연구소는 브라운 박사와 공동작업으로 결국 그걸 완벽하게 해낼 수 있습니다!

로베르트: 어떻게 그런 가당찮은 상상을 하지, 쿠르트 부소장? 현대 첨단기술을 보유하고, 막대한 국가지원을 받는 우리 연구소가, 그 유명하지도 않은 박사와 공동작업을 한다고?

쿠르트: 왜 안 됩니까? 우리에게는 외부 공동협력자가 많습니다.

로베르트: 하지만 부소장! 우리 연구소에도 과학 공동협력자 무리가 일하고 있고, 꾸준히 논문을 제출하고 과학적 기사를 작성하지만, 수십 년 동안 암에 관해 거의 어떤 결과도 내지 못한 걸 잊지 마. 그런데 지금 이 기사에 따르면, 어떤 과학연구소에서도 성공하지 못한 연구를 그 무명의 박사가 홀로 해낸 거라고. 스트리그 박사, 그 점이 문제가 될 것 같지 않나?

쿠르트: 예, 알겠습니다, 소장님!

로베르트: 고맙네, 부소장.

Tri jarojn ni ne donis oficialan opinion pri la kuracilo de doktoro Braun, sed nun "Semajno" publike demandas nin, kial ni ankoraŭ ne esploris tiun ĉi kuracilon. Nun ni devas respondi! Mi proponas, ke ni kunvoku la sciencan konsilion de la Instituto, kaj ni pristudu la problemon. Ĉiuj devas klare scii ĝuste pri kio temas.

(D-ro Falk levas la telefonparolilon kaj telefonas al la sekretariino.)

ROBERT: Suzan, bonvolu informi ĉiujn membrojn de la scienca konsilio, ke hodiaŭ je la deka horo okazos eksterordinara kunsido. La ĉeesto de ĉiuj estas deviga. Dankon, Suzan.
ROBERT: (al Kurt) La temo de la kunsido estos la provoka artikolo en revuo "Semajno". Ni pridiskutos ĝin kaj pretigos oficialan argumentitan respondon. Kurt, mi opinias, ke plej bone estus se vi, kiel vicdirektoro de la Instituto, prezidos la hodiaŭan kunsidon.
KURT: Dankon, profesoro Falk.

(Aŭdiĝas frapeto de la pordo. D-ro Falk malfermas la pordon kaj invitas la membrojn de la scienca konsilio en la kabineton.)

우리는 3년간 브라운 박사 치료제에 관해 공식 의견을 낸 적이 없어. 하지만 지금 세마이노는 공개적으로 왜 우리가 여태 이 치료제를 조사하지 않느냐고 묻고 있어. 이제 우리는 답해야 하지.

연구소 과학위원회를 소집해서 문제를 조사할 것을 제안해. 모두 무엇이 주제인지 정확히 알아야만 해.

(팔크 박사는 전화기를 들고 여비서에게 전화한다.)

로베르트: **수잔**, 과학위원회 모든 회원에게 오늘 10시에 특별 회의가 있다고 알려 줘.

모든 회원의 참석은 의무야. 고마워, 수잔.

(쿠르트에게) 회의 주제는 잡지 세마이노의 도발적 기사야. 우리는 그 기사를 토론하고 공식적이고 논의된 답변을 마련할 걸세.

쿠르트, 연구소 부소장인 자네가 오늘 회의 사회를 보는 게 좋겠는데….

쿠르트: 감사합니다, 소장님.

(노크 소리가 들린다. 팔크 박사는 문을 열고 과학위원회 회원들을 사무실로 맞아들인다.)

ROBERT: Bonan tagon, gekolegoj, bonvolu eniri.

(La kabineton de d-ro Falk eniras kelkaj personoj, inter kiuj videblas ankaŭ Doris Fidel. Ĉiuj eksidas ĉe la longa tablo kaj eksilentas.)

KURT: Estimataj gekolegoj, bonan tagon. Mi ĝojas, ke preskaŭ ĉiuj membroj de la scienca konsilio ĉeestas. Mankas profesoro Kondor, kiu estas eksterlande, kaj doktorino Hektor, kiu malsanas. Je la nomo de la estraro de la Instituto mi petas pardonon, ke iom subite kaj neatendite ni kunvokis tiun ĉi kunsidon.

DR-O BRAND: Eble estas serioza kialo?

KURT: Ne. Nur okazo, kiu ŝajne ne tre rilatas nin, sed kiu tamen malrekte estas adresita al ni.

DORIS: Ĉu al la scienca konsilio?

KURT: Ne. Al la Instituto.

D-RINO BLIND: Sed kio ĝuste okazis?

KURT: Provoko, al kiu ni ne rajtas resti indiferentaj!

D-RO BRAND: Ĉu ni estas provokitaj? Tio ne eblas!

KURT: Tamen jes. Temas pri la artikolo de Mark Mason, kiu artikolo aperis en la hieraŭa numero de revuo "Semajno".

로베르트: 안녕하십니까, 회원 여러분! 어서 들어오세요.

(팔크 박사 사무실로 몇 사람이 들어온다. 그중에 도리스 피델도 보인다. 모두 긴 탁자에 앉아 조용히 있다.)

쿠르트: 사랑하는 회원님, 안녕하십니까, 과학위원회 거의 모든 회원이 참석해 주셔서 기쁩니다. 콘도르 박사는 지금 해외에 계시고, 헥토르 박사는 편찮으셔서 불참했습니다.
예상치 못하게 갑자기 위원회를 소집한 점에 대해 연구소 임원단 이름으로 죄송하단 말씀을 전합니다.

브란드 박사: 무슨 중요한 이유가 있겠지요?
쿠르트: 아닙니다. 우리와 긴밀한 관계가 있어 보이지는 않는 일입니다만, 누가 우리에게 간접적으로 글을 썼습니다.

도리스: 과학위원회 앞으로요?
쿠르트: 아닙니다, 연구소 앞으로!
블린드: 정확히 무슨 일 때문이죠?
쿠르트: 우리가 무관심하게 가만있으면 안 될 도전입니다.

브란드: 우리 연구소를 자극했나요? 불가능할 텐데요.
쿠르트: 하지만 맞습니다, 잡지 세마이노에서 어제 발행한 마르크 마손의 기사에 대한 대응이 오늘 회의 주제입니다.

**D-RINO BLIND:** Ha-ha-ha. La artikolo havas sufiĉe tondran kaj sensacian titolon: "Doktoro Braun venkis la plej teruran malsanon de nia jarcento."

**D-RO BRAND:** Sed "Semajno" ne estas fakrevuo, kaj ĉiu revuo rajtas aperigi ĉion, kion ĝi deziras.

**KURT:** Kompreneble, ne estas nia devo dediĉi specialan atenton al similaj senbazaj elpensaĵoj kaj skribaĵoj, sed la ĵurnalisto mencias, ke la priskriboj kaj la dokumentado de la kuracilo de d-ro Braun jam de tri jaroj kuŝas en nia Instituto, ke ni ankoraŭ ne pristudis ilin, kaj ni ankoraŭ ne diris oficiale nian opinion pri la kuracilo.

**D-RO BRAND:** La ĵurnalistoj ĉiam tre rapidas.

**KURT:** Eĉ en la lasta frazo, la aŭtoro de la artikolo demandas kiam fin-fine ni bonvolos komenci la esploron de la kuracilo?

**DORIS:** Fakte, kiam ni komencos espiori tiun ĉi kuracilon?

**KURT:** Vi ĉiuj bone scias, ke la priskriboj kaj la dokumentado de la kuracilo de d-ro Braun troviĝas ĉe mi. Mi delonge, detale pristudis ilin, kaj mi konstatis, ke en tiuj priskriboj troviĝas nenio racia.

블린드: 허허허! 기사는 무슨 날벼락 같고, 제목은 대사건처럼 잡았더라고요.
'브라운 박사가 금세기 가장 무서운 병을 이기다.'

브란드: 하지만 세마이노는 의학전문 잡지가 아닌 데다, 모든 일반 잡지는 원하는 주제를 얼마든지 게재할 권리가 있지요.

쿠르트: 당연합니다. 그 같은 근거도 없는 생각이나 기사에 특별한 관심을 기울이는 것이 우리의 의무는 아닙니다. 하지만 기자는 브라운 박사의 치료 관련 처방과 서류가 3년 전부터 우리 연구소에서 잠자고 있다고 지적하면서 우리가 여태 그것들을 조사해서 치료제에 관한 우리의 공식 의견을 공표하지 않았다고 주장했습니다.

브란드: 기자들은 항상 서두르지요.

쿠르트: 마지막 문장에서 기자는 도대체 언제 치료제 조사를 시작할지 묻고 있습니다.

도리스: 실제로 이 치료제를 우리는 언제 조사할 건가요?
쿠르트: 브라운 박사 치료제의 처방과 관련 서류가 우리에게 있다는 건 여러분 모두 잘 압니다. 나는 오랫동안 자세히 그 처방과 서류를 조사했고, 그것들에서는 어떤 합리적인 점도 발견되지 않는다는 걸 알게 됐습니다.

Ili simple estas skribaĵoj de nekompetenta persono, kiu imagas, ke li inventis kuracilon kontraŭ la kancero. Ĝuste pro tio ĝis nun ni ne pritraktis tiujn ĉi skribaĵojn, kaj ni ne entreprenos la esploron de la kuracilo. Sed bonvolu diri ankaŭ vian opinon pri la artikolo en "Semajno".

**D-RO BRAND**: Malgraŭ tio, ke mi ne konas persone la priskribojn kaj la dokumentadon de la kuracilo de doktoro Braun, mi opinias, ke mem la aserto, ke li trovis ilon kontraŭ la kancero estas ridinda kaj naiva. Ni ĉiuj ĉi tie profesie okupiĝas pri tiu ĉi problemo, kaj ĉiuj ni bone scias kion signifas la kancero. Ĉiuj ni scias kiel malfacile estas eĉ analizi kaj difini la faktorojn, kiuj kaŭzas la kanceron, kaj kompreneble preskaŭ ne eblas inventi kuracilon kontraŭ tiu ĉi malsano, eĉ ilon, kiu eble estus taŭga nur kontraŭ unu el la specoj de la kancero. Mi laboras en la Instituto ekde ĝia fondiĝo. Mi partoprenis en preskaŭ ĉiuj plej grandaj esploroj kaj eksperimentoj. Mi dediĉis multajn jarojn en mia vivo al tiu ĉi laboro, kaj nun mi sincere povas konfesi, ke mi ne multe scias pri la kancero. Ni estas ankoraŭ en la komenco de la laboro.

그건 단지 암치료제를 발명했다고 상상하는 미숙한 사람의 글에 불과합니다!

정말 그런 이유로 지금까지 이 글을 다루지 않았고, 치료제 조사를 착수하지 않았습니다.

이번 세마이노 기사에 관해 여러분의 의견을 말씀해 주시기 바랍니다.

브란드: 개인적으로 브라운 박사 치료제에 관한 처방이나 서류를 알지 못하지만, 암퇴치 방법을 찾아냈다는 주장은 우스꽝스럽고 순진하다고 생각합니다.

우리는 모두 여기서 이 문제에 관해 전문적으로 연구하고 있어서 암이 무얼 의미하는지 잘 압니다.

암을 유발하는 요소를 분석하고 정의하는 과정이 얼마나 어려운지도 우리 모두 압니다.

물론, 수많은 암 중 한 종류에도 적합한 치료제를 발명할 가능성은 거의 없습니다.

나는 연구소 설립 때부터 일했습니다.

매우 중요한 조사와 실험에는 대부분 참여했고, 이 작업에 수많은 세월을 바쳤습니다.

그러나 지금 나는 솔직하게 암에 관해 많이 안다고 고백할 수 없습니다.

우리는 아직 작업 초기에 있습니다.

Vere, ni havas rezultojn, vere ni jam trovis kelkajn gravajn faktorojn, tamen ni ankoraŭ ne povas solvi multajn, multajn problemojn, kaj mi tute ne kredas, ke doktoro Braun sola, aŭ kun malgranda teamo de kunlaborantoj, sukcesis solvi tiujn problemojn, kaj inventis ion kontraŭ la kancero.

**D-RINO BLIND**: Estimataj gekolegoj, ankaŭ mi per granda scivolo tralegis hieraŭ la artikolon en "Semajno" En ĝi estas kelkaj faktoj, kiuj al la neinformita leganto ŝajnus fidindaj, sed ni, kiuj bone konas la problemon, ne povas ekkredi je la skribaĵoj pri doktoro Braun. Li havas privatan hospitalon, eble li okupiĝis iom pri la problemoj de la kancerologio, sed li ne estas eksperto pri tiu ĉi fako. Dum la lasta tempo li faris grandan bruon per tiu ĉi sia inventaĵo, kaj mi suspektas, ke doktoro Braun celas la popularecon. Laŭ mia opinio li ne estas serioza sciencisto, li estas iu, inter tiuj multaj pseŭdoscienculoj, kiuj senĉese atakas nian Instituton, kaj ne nur la nian per diversaj inventaĵoj, kaj sincere kredas, ke ili inventis ion, malgraŭ ke ni ĉiuj bone scias kiel malfacile estas nun por unu sola persono, aŭ por malgranda taĉmento da fakuloj, inventi ion novan kaj gravan.

사실 우리는 결과를 가지고 싶고, 진정 중요한 요소 몇 가지는 이미 발견했습니다.

하지만 우리는 아직 수많은 문제를 해결하지 못하고 있습니다. 그래서 브라운 박사가 혼자 혹은 소수의 협력자와 함께 이 문제를 푸는 데 성공해서 암을 퇴치하는 무언가를 발명했다고는 전혀 믿지 않습니다.

블린드: 존경하는 회원님, 저도 큰 호기심을 가지고 세마이노에서 나온 기사를 어제 다 읽었습니다.

거기엔 비전문가인 일반 독자가 믿을 만하게 볼 만한 몇 가지 사실이 있습니다.

그러나 전문가인 우리는 브라운 박사의 글을 믿을 수 없습니다.

브라운 박사는 개인 병원을 가지고 있고, 아마 암에 관련한 문제를 조금 맡아 처리해 본 경험이 있는 듯합니다만, 그는 이 분야의 전문가가 아닙니다.

지난번에도 브라운 박사는 이 발명품을 가지고 커다란 소란을 일으켰습니다.

그래서 나는 브라운 박사가 인기를 목적으로 치료제를 발명했다고 떠벌리는 게 아닌지 의심하고 있습니다. 내 생각에 그는 진지한 과학자가 아니라, 여러 가짜 발명품으로 우리뿐만 아니라 끊임없이 우리 연구소를 공격하는 많은 사이비 과학자 중 한 명입니다.

그리고 지금 한 개인이나 작은 전문가 집단에서 무언가 새롭고 중요한 의약품을 발명하기가 얼마나 어려운 현실인지 우리가 잘 알고 있는데도, 브라운 박사는 자신이 뭔가를 발명했다고 진지하게 믿고 있습니다.

Mi opinias, ke ni ne devas taksi serioze la artikolon en "Semajno". Laŭ mi tiu ĉi artikolo havas nuran reklaman celon, kaj per ĝi la revuo servas al la naivuloj, kiuj tute ne konas tiun ĉi problemon.

KURT: Sed ĉu Vi ne opinias, ke per tiu ĉi artikolo "Semajno" kompromitas nin kaj la laboron de nia Instituto? "Semajno" devigas nin respondi al tiu ĉi artikolo, kaj ni devas urĝe reagi. Ni devas klare emfazi, ke la asertoj de doktoro Braun estas senbazaj. Tial mi proponas, ke en la nomo de la scienca konsilio de nia Instituto, ni sendu al "Semajno" reagartikolon.

DORIS: Mi havas demandon.

KURT: Bonvolu, doktorino Fidel.

DORIS: Mi ne komprenas kiel ni emfazos, ke la asertoj de doktoro Braun estas senbazaj?

KURT: Ni ne nur emfazos, sed science ni pruvos tion.

DORIS: Sed kiel? Ja ni ankoraŭ ne esploris kuracilon de doktoro Braun, kaj ni ankoraŭ ne scias ĉu la kuracilo havas efikon aŭ ne. Ĉu ne estus pli racie, se ni unue esplorus la kuracilon, kaj nur poste ni aperigus nian opinion pri ĝi.

KURT: Sed doktorino Fidel, vi verŝajne malatente aŭskultis min.

그래서 나는 세마이노 기사를 진지하게 다루지 말아야 한다고 주장합니다. 내 생각에 이 기사는 단순히 광고에 목적이 있고, 그것으로 이 문제를 전혀 모르는 사람에게 잡지가 서비스를 제공하는 셈입니다.

쿠르트: 또 이 기사로 세마이노가 우리와 우리 연구소의 업적에 명예 훼손을 했다고 생각지는 않습니까? 세마이노는 우리가 이 기사에 대응하기를 강요하고 있어서, 우리는 급히 응대해야 합니다. 브라운 박사 주장에는 아무런 근거가 없다고 분명하게 강조해야 합니다. 그래서 우리 연구소 과학위원회 이름으로 세마이노에 반박 기사를 보내길 제안합니다.

도리스: 질문이 있습니다.
쿠르트: 해 보세요, 피델 박사님.
도리스: 브라운 박사 주장에 근거가 없다고 우리가 어떻게 강조하려고 하는지 이해가 안 됩니다.
쿠르트: 우리는 강조만 하는 것이 아니라 과학적으로 그걸 증명할 겁니다.

도리스: 하지만 어떻게요? 우리는 브라운 박사 치료제를 조사하지 않아서, 치료제에 효과가 있는지 없는지 아직 모릅니다. 먼저 치료제를 조사한 후에 그에 관한 우리 의견을 밝히는 것이 합리적인 순서 아닙니까?
쿠르트: 피델 박사님, 제 이야기를 주의해서 듣지 않았군요!

En la komenco mi menciis, ke la priskriboj de la kuracilo de doktoro Braun jam de tri jaroj estas ĉe mi. Mi detale pristudis ilin, kaj mi konstatis, ke en ili troviĝas nenio racia.[1]

**DORIS**: Sed, d-ro Strig, tio ne signifas, ke la Instituto per eksperimentoj esploris la kuracilon de doktoro Braun, kaj ke la scienca konsilio de la Instituto povas doni iun oficialan opinion pri tiu ĉi inventaĝo.

**ROBERT**: Sinjoro prezidanto, pardonu min, ĉu ankaŭ mi povus diri mian opinion, tamen ne kiel direktoro de la Instituto, sed kiel membro de la scienca konsilio.

**STRIG**: Kompreneble, profesoro Falk.

**ROBERT**: Estimataj gekolegoj, mi opinias, ke la rimarko de doktorino Fidel estas ĝusta. Unue ni devas atente kaj detale esplori la kuracilon de doktoro Braun, kaj nur poste publikigi nian opinion pri ĝi, ĉu ne?

**DORIS**: Ja, tiu ĉi estas nia scienca principo.

**ROBERT**: Kompreneble, kiel instituto kun internacia reputacio, ni ne rajtas eldiri oficialan opinion pri io, kion ni ne pristudis serioze.

---

1) raci-o 이지(理智), 이성(理性), 도리(道理), 조리(條理); 분별(分別). racia 이성있는; 합리(合理)적인, 도리를 아는, 분별있는. racieco 유리성(有理性); 합리성(合理性), 도리를 알기. raciigi 합리케하다, 합리화하게 하다. malracia 불합리한.

처음에, 브라운 박사 치료제에 관한 처방과 서류가 이미 3년 전에 우리 손에 들어왔다고 말씀드렸습니다. 나는 그 처방과 서류들을 자세히 조사했고 그 속에서 어떤 합리적인 것도 찾지 못한 걸 확신합니다.

도리스: 하지만 스트리그 박사님, 그런 확신만으로는 연구소가 실험해 브라운 박사 치료제를 조사하고 연구소 과학위원회가 이 발명품에 관한 어떤 공식적 의견을 낼 수 있다는 것을 의미하지는 않습니다.

로베르트: 의장님, 죄송하지만 연구소장이 아니라 과학위원회 구성원으로서 의견을 말해도 되겠습니까?

쿠르트: 당연합니다, 소장님!

로베르트: 존경하는 회원님, 도리스 피델 박사가 옳다고 생각합니다. 먼저 우리는 브라운 박사 치료제를 주의해서 자세히 조사하고 그 후에 그에 관한 우리 의견을 발표해야 순서겠죠, 그렇죠?

도리스: 그것이 과학 원칙입니다.

로베르트: 물론 국제적 명성을 지닌 연구소로서 우리가 진지하게 조사하지 않는 무언가에 관해 공식 의견을 낼 권리는 없습니다.

Bedaŭrinde ni ankoraŭ ne entreprenis la esploron de la kuracilo, sed ĉiuj vi bone scias, ke simila esploro postulas apartan subvencion, longe daŭran periodon, kunlaboron de unu aŭ du klinikoj...

**D-RO BRAND**: Armeon da kunlaborantoj, kaj monon, monon, monon...

**ROBERT**: Jes, sed doktoro Strig, kiu estas unu el la plej bonaj niaj fakuloj, kaj kiu kompetente kaj detale pristudis la priskribojn de la kuracilo, konstatis, ke en tiuj ĉi priskriboj troviĝas nenio racia.

**D-RINO BLIND**: Ankaŭ mia opinio estas la sama!

**ROBERT**: Kaj mi demandas vin, estimataj gekolegoj, ĉu ni rajtas dediĉi tempon, energion kaj rimedojn por la esploro de kuracilo, kies priskriboj kaj dokumentado klare montras, ke en ĝi troviĝas nenio racia?

**D-RINO BLIND**: Ja, ni ne povas esplori ĉiujn inventaĵojn de pseŭdosciencistoj kaj ĉarlatanoj!

**ROBERT**: Eĉ se ni dezirus tion, ni ne povas, ĉar ni ne havos tempon por nia propra scienca laboro, por niaj propraj eksperimentoj kaj esploroj. Do, mi opinias, ke la rimarko de doktorino Fidel estas prava, kaj ankaŭ la respondo de doktoro Strig estas klara.

아쉽게도 우리는 아직 치료제 연구에 착수하지 않았지만 이와 비슷한 조사에는 별도의 지원과 오랜 기간과 한두 개 병원의 협력이 필요하다는 점을 우리는 다 잘 압니다.

브란드: 수많은 협력자, 그리고 돈! 돈! 돈!

로베르트: 예, 하지만 뛰어난 전문가 중 한 명인 쿠르트 박사님이 치료제 처방을 노련하고 자세히 조사하고 이 처방에서 합리적인 점을 발견하지 못했다고 확신했습니다.

블린드: 제 의견도 같습니다.

로베르트: 존경하는 회원들께 묻고 싶습니다. 어떤 합리적인 점도 발견할 수 없다는 것이 확실하게 드러난 처방과 서류를 가진 치료제를 조사하는 데 우리의 시간, 능력, 수단을 바칠 의무가 있을까요?

블린드: 우리가 사이비 과학자나 협잡꾼의 모든 발명품을 조사할 수는 없습니다.

로베르트: 그것을 원한다고 할지라도, 우리 고유의 조사 작업, 우리 고유의 실험과 조사를 할 시간도 없기에 우리는 할 수 없습니다. 그래서 피델 박사님의 지적도 올바르고, 스트리그 박사님의 대답 역시 옳다고 생각합니다.

**KURT**: Dankon, profesoro Falk.

**ROBERT**: Tamen la ĵurnalisto blinde[2] kredis je la vortoj de doktoro Braun. Se tiu ĉi ĵurnalisto deziris verki seriozan kompetentan artikolon, li devis serĉi ankaŭ nian Instituton, ja ĝi estas la sola en la lando, kiu science okupiĝas pri problemoj de la kancerologio.

**D-RO BRAND**: Sed la ĵurnalistoj ne interesiĝas pri la opinio de la sciencistoj.

**ROBERT**: Tial en la artikolo la ĵurnalisto asertas, ke ni eĉ ne pristudis la priskribojn kaj la dokumentadon de la kuracilo, kaj kompreneble li ne scias, ke mem la vicdirektoro de nia Instituto detale pristudis ilin. Do, ni estas devigaj respondi al tiu ĉi artikolo, kaj ne permesi al iu ajn ĵurnalisto kaj revuo misinformi la vastan legantaron.

**DORIS**: Mi ne konsentas kun Vi, profesoro Falk.

**ROBERT**: Ĉu mi povus demandi kial, doktorino Fidel?

**DORIS**: Laŭ mi la ĵurnalisto ne kredis blinde je la vortoj de doktoro Braun, kaj ĉiu frazo en la artikolo estas pruvita kaj dokumentita.

---

2) blind-a 눈 먼, 맹목(盲目)의. blindigi 눈멀게 하다, 눈부시게 하다. blinduligi 눈을 가리다, 보이지 않게 하다, 눈을 현혹케 하다. blindepalpi 손으로 더듬다, 모색(摸索)하다, 암중모색하다. kvazaŭigi 눈부시게 하다, 현혹하다

쿠르트: 감사합니다, 소장님.

로베르트: 하지만 기자는 맹목적으로 브라운 박사의 말을 믿습니다.
이 기자가 진지하고 유능한 기사를 쓰기 원한다면, 우리 연구소를 찾아야만 합니다.
우리나라에서 유일하고, 암 문제를 과학적으로 취급하니까요.

브란드: 하지만 기자는 과학자 의견엔 흥미가 없습니다.

로베르트: 그래서 기자는 기사에서 우리가 치료제의 처방이나 서류를 조사조차 하지 않았다고 몰아붙입니다.
물론 우리 연구소 부소장이 처방이나 서류를 자세히 조사한 사실은 알지 못합니다. 그래서 우리는 이 기사에 반박 기사를 내서, 어떤 다른 기자나 잡지가 더 많은 독자층에 잘못된 정보를 알리지 못하게 해야 합니다.

도리스: 저는 소장님과 생각이 다릅니다!

로베르트: 이유를 물을 수 있을까요, 피델 박사님?

도리스: 제 생각에 기자는 브라운 박사의 말을 맹목적으로 믿지 않습니다. 기사에 있는 모든 문장은 증명되어 있고 기록되어 있습니다.

Krom tio en la artikolo estas menciite, ke oni pretigis plurhoran filmon pri la kuracado per tiu ĉi kuracilo, kiu filmo povas esti serioza kaj forta argumento kontraŭ ni kaj kontraŭ nia reagartikolo.

ROBERT: Mi estimas Vian opinion, doktorino Fidel. Sed notu bone, ke filmo povas esti falsa.

DORIS: Sed ĉu vi ne opinias, ke ankaŭ mi persone povas verki artikolon kaj pruvi, ke la reagartikolo de la scienca konsilio estas lerte manipulita.

ROBERT: Kompreneble Vi rajtas fari ankaŭ tion.

KURT: Estimataj gekolegoj, mi vidas, ke ni ĉiuj, krom doktorino Fidel, samopinias rilate la artikolon pri doktoro Braun en "Semajno", kaj rilate nian reagartikolon. Se iu deziras pli detale trarigardi la priskribojn kaj la dokumentadon de la kuracilo de doktoro Braun, mi disponos ilin al li aŭ ŝi. Mi dankas vian aktivan partoprenon en la hodiaŭa eksterordinara kunsido de la scienca konsilio. Ĝis revido.

(Ĉiuj ekstaras por foriri.)

ROBERT: Doktorino Fidel, ĉu Vi povus resti por momento?

게다가 기사에 언급되었듯이 이 치료제를 투입한 치료과 정을 여러 시간 영상으로 찍어 뒀기 때문에 우리나 우리 가 낼 반박 기사에 대항해서 진지하고 힘있게 토론할 준 비를 하고 있을 겁니다.

로베르트: 나는 피델 박사의 의견을 존중하지만, 영상은 거짓일 수 있다는 점을 인식하세요.

도리스: 그런데 저 역시 개인적으로 과학위원회 반박 기 사가 노련하게 조작되었다는 사실을 기사로 써서 증명 할 수 있다고는 생각지 않으십니까?

로베르트: 물론 그렇게도 할 권리가 있지요.

쿠르트: 존경하는 회원님들, 피델 박사를 제외하고는 우 리 모두 세마이노에서 나온 브라운 박사 기사와 우리의 반박 기사에 같은 의견이라고 봅니다.
브라운 박사 치료제의 처방과 서류를 자세히 훑어보기를 원한다면, 나는 그분에게 나누어 드릴 것입니다. 오늘 과 학위원회 특별 회의에 적극적으로 참여해 주신 점, 깊이 감사드립니다.
안녕히 가십시오.

(떠나려고 모두 일어선다.)

로베르트: 피델 박사님, 잠깐 시간 낼 수 있나요?

DORIS: Jes, profesoro Falk.

(D-ro Falk kaj Doris restas solaj en la kabineto.)

ROBERT: Doris, vi aspektas pala, laca. Ĉu vi multe laboris dum la lastaj semajnoj?
DORIS: Mi fartas bone, sinjoro profesoro.
ROBERT: Ne, Doris, mi konas vin ne de hieraŭ. Mi bone vidas, ke vi iom ŝanĝiĝis.
DORIS: Eble io ŝanĝiĝis, sed ne mi, profesora moŝto.
ROBERT: Doris, lastatempe mi malpli ofte vidas vin ridi. Viaj okuloj estas lacaj. Doris, mi proponas al vi, iru iom ripozi. Iru al la montaro, al la marbordo. Kie al vi plaĉas. Vi povus eĉ utiligi mian someran vilaon en Golfio, apud la maro. Vi mem scias, ke post la forpaso de Marianna, mia edzino amas vin kiel la propran filinon, kaj ŝi eĉ ofte proponis al vi, ke foje vi somerumu kun ni. Nun eble estas bona okazo, kaj vi povus forveturi al Golfio por du- aŭ trisemajna ripozo. Por du aŭ tri semajnoj forgesu la zorgojn kaj problemojn en la Instituto. Ripozu bone, kaj kiam vi revenos, vi rekomencos vian esplorlaboron.

도리스: 예, 소장님.

(팔크 박사와 도리스 둘만 사무실에 남는다.)

로베르트: 도리스 씨, 창백하고 피곤하게 보이네요. 지난 주에 일을 많이 했나요?

도리스: 괜찮습니다, 소장님.

로베르트: 아니요, 도리스 씨, 나를 알고 지낸 지가 어제 오늘이 아니라 조금이라도 변했다면 금세 압니다.

도리스: 아마 뭔가는 변했겠지만, 저는 아닙니다, 소장님!

로베르트: 도리스 씨, 지난번에는 웃는 얼굴을 잘 보지 못했어요. 눈이 피곤해 보여요. 도리스 씨. 잠시 휴식을 취하길 권합니다. 산이나 바닷가로 가세요.
원하는 어느 곳이든요! 바다 근처 해만(海灣)에 있는 내 여름별장을 이용해도 좋고요.
**마리아나**가 죽은 뒤로 내 집사람은 박사를 친딸처럼 사랑하고, 우리와 함께 여름을 보내자고 여러 번 말한 걸 잘 알고 있잖아요.
지금은 이삼 주 쉬려고 해만으로 떠나기에 좋은 시기입니다. 이삼 주 동안 연구소 걱정과 문제는 잊으세요. 푹 쉬고 돌아와서 연구작업을 다시 시작하세요.

**DORIS:** Dankon, sinjoro profesoro. Vi estas tre afabla, sed ĝuste nun, en la komenco de majo, mi ne intencas ripozi ĉe la maro, kaj ŝajnas al mi, ke ne mia laco, sed io alia estas la kialo por Via grandanima propono.

**ROBERT:** Doris, kion vi parolas? Ĉu vi povus eĉ supozi, ke nun, kiam mi proponas tion al vi, mi intencas ion alian? Doris, vi tre bone scias, ke mi amas vin kiel mian propran filinon. Ankoraŭ en la universitato, kiam mi estis via profesoro, kaj vi, unu el plej talentaj miaj studentinoj, mi mem proponis al vi labori en mia Instituto.

**DORIS:** En la universitato profesoro Falk estis por mi modelo de principema sciencisto, kaj tiam mia sola revo estis labori iam estonte en la Instito de profesoro Falk.

**ROBERT:** Kaj vi vidas, Doris, ke via revo realiĝis, sed bonvolu sincere diri, nun kio ne plaĉas al vi en la Instituto, kial vi ne estas kontenta?

**DORIS:** Kaj ĉu vi estas kontenta pri la laboro de la Instituto? Ĝis nun kion ni faris? Ni organizas konferencojn, seminariojn. Ni prelegas dum la internaciaj kongresoj, sed ĝis nun nenion konkretan ni faris. Ĉu vi ne vidas, profesora moŝto, ke dum la tuta tago, niaj gekolegoj konversacias, kafumas, amindumas...

도리스: 감사합니다, 소장님. 친절은 감사하지만, 정확히 9월 초인 지금은 바닷가에서 쉴 생각이 없습니다. 소장님의 큰 호의는 제 피곤 때문이 아니라, 뭔가 다른 이유가 있는 것으로 보입니다.

로베르트: 도리스 씨, 무슨 말인가요? 지금 내가 휴식을 제안한 것에 무슨 다른 의도가 있을 리 있겠어요? 도리스 씨. 내가 박사를 친딸처럼 사랑하는 거 잘 아시죠? 대학에서 내가 박사를 가르쳤을 때 박사는 내 학생 중 가장 뛰어나서 내 연구소에서 일하도록 권했지요.

도리스: 대학에서 교수님은 제게 원칙적인 과학자의 모델이셨습니다. 그래서 그때 제 유일한 꿈은 앞으로 언젠가 교수님 연구소에서 일하는 것이었습니다.

로베르트: 도리스 씨, 박사는 자기의 꿈이 실현되었다고 보고 있지요? 하지만 지금 연구소에서 무엇이 마음에 안 드는지, 왜 만족하지 못하는지 솔직하게 말해 보세요.

도리스: 소장님은 우리 연구소 작업에 만족하십니까? 지금껏 무엇을 하셨습니까?
우리는 대회와 세미나를 조직합니다. 국제회의에서 강연은 하지만, 지금껏 어떤 구체적인 걸 하진 않았습니다. 소장님, 우리 동료들이 온종일 대화하고 커피 마시고 교제하는 것을 못 보셨습니까?

Jam kvar jarojn mi laboras en la Instituto, kaj kvar jarojn ni nur kunsidas, diskutas, disputas...

ROBERT: Doris, vi estas tre juna, kaj vi ne rajtas tiel paroli pri la Instituto, kie vi laboras. Mi estas la direktoro de tiu ĉi Instituto, kaj mi bone scias kian laboron ĝi plenumas.

DORIS: Vi petis, ke mi estu sincera. Mi sincere diris mian opinion, sed nun mi vidas, ke la vero kolerigas vin, sinjoro profesoro.

ROBERT: Pardonu min, Doris. Hodiaŭ mi estas iom nervoza, sed vi vidas kiom da diversaj problemoj mi devas solvi. Nun ekzemple ni devas respondi ankaŭ al la revuo "Semajno", rilate tiu ĉi misinforman artikolon.

DORIS: La ĵurnalisto pravas, sinjoro profesoro.

ROBERT: Sed, Doris, kial tiel fervore vi defendas doktoron Braun? Ĉu vi konas lin?

DORIS: Lin mi neniam vidis, kaj ne lin mi defendas, sed nin. Se ni estas sciencistoj, kaj ni estimas nin mem, ni devas esplori tiun ĉi kuracilon, sendepende, kiu ĝin inventis, kaj ni ne rajtas reagi al la artikolo en "Semajno", ĝis ni estos serioze esplorintaj la kuracilon, ĉar ni ne laboras por ni, aŭ por doktoro Braun, sed por la homoj, kaj se temas pri nova kuracilo, ni devas unue pensi pri la homoj.

연구소에서 일한 4년간 우리는 단지 모여 토론하고 의견만 나누었습니다.

로베르트: 도리스 씨. 박사는 아주 젊어요. 일하는 연구소를 그리 말할 권리가 없어요. 나는 이 연구소 소장이고 우리 연구소가 무슨 작업을 수행하는지 잘 알아요.
도리스: 제게 솔직해지라고 말씀하셨습니다. 솔직하게 제 의견을 말씀드렸습니다만, 제 지금 진실이 소장님을 화나게 한 것 같습니다.

로베르트: 미안해요, 도리스 씨. 오늘 내가 조금 예민한데 요즘 얼마나 여러 가지 문제를 풀어야 하는지 박사는 잘 알죠? 예를 들어, 지금 이 오보 기사 때문에 세마이노 잡지에 대응해야만 해요.
도리스: 기자가 옳습니다, 소장님.

로베르트: 그런데 도리스 씨는 왜 그렇게 열심히 브라운 박사를 옹호하나요? 브라운 박사를 알고 있나요?
도리스: 한 번도 본 적 없는 브라운 박사를 옹호하는 게 아니라, 우리를 지키는 겁니다. 우리는 과학자니까 우리 자신을 존중한다면 누가 발명했든 이 치료제를 조사해야만 합니다. 그리고 치료제 조사를 진지하게 끝낼 때까지는 세마이노 기사에 반박할 권리가 없습니다. 우린 우리를 위해서나 브라운 박사를 위해서 일하는 게 아니라, 새 치료제에 주목하는 수많은 사람을 위해 일하니까요. 먼저 사람들을 생각해야 합니다.

**ROBERT**: Doris, lasu nun tiun ĉi problemon. La respondo de la artikolo estas administracia afero kaj ne scienca.

**DORIS**: Ĝis nun mi pensis, ke la direktoro kaj la sciencisto Robert Falk estas unu sama persono, sed se la principema profesoro Falk ankoraŭ ekzistas, li evitus la reagon al la artikolo en "Semajno". Kaj se "Semajno" aperigos la reagartikolon de la scienca konsilio, ankaŭ mi verkos artikolon pri la "scienca" agado de la Instituto.

**ROBERT**: Doris...

**DORIS**: Ĝis revido, profesora moŝto.

**ROBERT**: Doris...

(Doris foriras. Ĉe la pordo ŝi preskaŭ ne puŝas d-ron Strig. D-ro Strig frapetas je la pordo de la kabineto de prof. Falk.)

**ROBERT**: Jes, Doris, bonvolu.

(La kabineton eniras d-ro Strig.)

**ROBERT**: (konfuzite) Kurt, vi... Kion vi volas?

**KURT**: Mi petas pardonon, sed mi ne demandis kiam ĝuste devas esti preta la reagartikolo.

로베르트: 도리스 씨, 이 문제에 더 상관하지 마세요. 기사에 대한 대처는 행정 일이지 과학은 아니에요.

도리스: 지금껏 저는 소장님과 과학자인 교수님을 같은 분으로 생각했습니다만, 원칙을 좋아하는 교수님이 아직 계신다면, 세마이노 기사에 즉각적으로 반응하길 피하실 겁니다. 세마이노가 과학위원회의 반박 기사를 내보낸다면, 저 역시 연구소의 비과학적 행동에 관해 폭로 기사를 쓸 것입니다.

로베르트: 도리스 씨!
도리스: 안녕히 계십시오, 소장님!
로베르트: 도리스 씨!

(도리스가 나간다. 그녀는 문밖에 서 있는 쿠르트 스트리그 박사를 거의 밀칠 뻔했다. 쿠르트 스트리그 박사는 로베르트 팔크 교수 사무실에 노크한다.)

로베르트: 예, 도리스 씨, 잘 가요.

(쿠르트 스트리그 박사가 사무실로 들어온다.)

로베르트: (당황해서) 부소장, 무슨 일이오?

쿠르트: 죄송합니다만 반박 기사를 정확히 언제까지 준비해야 하는지 여쭤보지 않았더군요.

**ROBERT**: Kiam? Baldaŭ! La afero urĝas, Kurt.

**KURT**: (ekiranta al la pordo) Dankon profesora moŝto, mi petas pardonon.

**ROBERT**: Kurt, la hodiaŭa kunsido de la scienca konsilio bone sukcesis. Dankon.

**KURT**: Sed ĉu doktorino Fidel ne komplikos ion?

**ROBERT**: Vi malbone konas la virinojn, Kurt. Paroli ili scipovas, sed agi ne!

**KURT**: Tamen, se ankaŭ ŝi skribus ion... Ja ankaŭ ŝi estas membro de la scienca konsilio.

**ROBERT**: Mi ne kredas, Kurt. Doris ne estas tiel kuraĝa, kaj krom tio, kiu konas ŝin? Neniu eĉ rimarkos ŝin. Ŝi ne estas profesoro aŭ direktoro. Tamen se ŝi nur provus fari ion similan, ŝi ne laboros plu en la Instituto, dum mi estas ĝia direktoro.

**KURT**: Se hazarde "Semajno" ne akceptos nian artikolon.

**ROBERT**: Tio ne povas okazi. Se "Semajno" jam aperigis artikolon pri tiu ĉi temo, ĝi devas aperigi ankaŭ aliajn opiniojn pri la sama problemo. Krom tio "Semajno" pretendas esti demokratia revuo, kaj ofte pri unu sama problemo ĝi aperigas draste kontrastajn opiniojn.

로베르트: 언제? 즉시! 시급해, 부소장.

쿠르트: (문으로 가면서) 감사합니다, 소장님! 죄송합니다.

로베르트: 부소장, 오늘 과학위원회 회의는 잘 진행했어, 고마워.

쿠르트: 그런데 피델 박사가 뭔가 일을 복잡하게 했나요?

로베르트: 여자들을 조금 알아야 해. 말은 용감하게 하지만, 행동은 하지 않아.

쿠르트: 하지만 피델 박사가 뭔가를 쓴다면, 그녀는 과학위원회 회원입니다.

로베르트: 쓰지 않을 거야, 부소장! 도리스는 그렇게 용감하지 않아. 게다가 누가 그녀를 알기나 하나? 그녀는 인지도가 높은 인물이 아니야. 교수나 소장이 아니잖아. 하지만 도리스 박사가 뭔가 그 비슷한 일을 한다면 내가 소장으로 있는 한, 더는 연구소에서 근무할 수 없지.

쿠르트: 혹시 세마이노가 우리 기사를 수락하지 않는다면요?

로베르트: 있을 수 없지. 세마이노가 이미 이 주제에 관해 기사를 냈으니, 같은 문제에 관해 다른 의견 역시 게재해야만 해. 그 외에도 세마이노는 민주적인 잡지인 체하고 있어. 같은 문제에 관해 아주 상반된 의견을 자주 내고 있지.

Tial mi estimas "Semajnon", tamen mi ne estas la sola, kiu estimas tiun ĉi revuon, kaj ĝuste tio maltrankviligas min, Kurt.

**KURT**: Mi rapide pretigos la reagartikolon, sinjoro profesoro.

**ROBERT**: Bone, Kurt.

**KURT**: Ĝis revido, profesora moŝto.

**ROBERT**: Ĝis revido.

(D-ro Strig foriras. Prof. Falk restas sola en la kabineto. Iom post iom la lumo malfortiĝas kaj aŭdiĝas fora ina voĉo, kiu fakte estas la voĉo de Doris.)

**VOĈO**: Paĉjo, ĉu vi vere kapablas maldungi Dorison?

**ROBERT**: Marianna... Marianna...

**VOĈO**: Paĉjo, vi ĉiam diris, ke Doris similas al mi. Post mia morto, post la katastrofo, en Doris vi vidis min.

**ROBERT**: Marianna... Marianna...

**VOĈO**: Paĉjo, Doris amas vin, kiel mi amas vin.

**ROBERT**: Jes, Marianna, jes... Ankaŭ mi amas ŝin, sed kial hodiaŭ ŝi devis publike malaprobi la proponon pri la reagartikolo. Ĉu ŝi ne povis diri sian opinion persone al mi?

그래서 나는 세마이노를 존중해. 이 잡지를 존중하는 사람이 나 혼자가 아니라서 그게 걱정스럽네, 부소장.

쿠르트: 제가 서둘러 반박 기사를 준비하겠습니다, 소장님.
로베르트: 좋아, 부소장.

쿠르트: 안녕히 계십시오, 소장님!
로베르트: 잘 가.

(스트리그 박사가 나간다. 팔크 교수는 혼자 사무실에 남는다. 빛이 조금씩 희미해지더니 멀리서 도리스의 목소리인 게 분명한 여자 소리가 들린다.)

목소리: 아빠, 정말 도리스를 해고할 수 있어요?
로베르트: 마리아나! 마리아나!

목소리: 아빠, 도리스가 나를 닮았다고 늘 말씀하셨잖아요. 내가 죽은 뒤, 그 사고가 난 뒤, 도리스에게서 저를 보셨죠!
로베르트: 마리아나! 마리아나!

목소리: 아빠, 도리스는 제가 아빠를 사랑하듯 아빠를 사랑해요.
로베르트: 그래, 마리아나, 맞아, 나도 그 아이를 사랑해. 하지만 반박 기사 건은 왜 공개적으로 반대했을까? 자기 의견을 내게 개인적으로 말할 수는 없었을까?

**VOĈO:** Sed, paĉjo, Doris amas ne nur vin, sed ankaŭ la Instituton, la sciencan laboron en la Instituto, kaj ĉu vi ne opinias, ke Doris iom similas al vi. Kiam vi estis tridekjara, vi publike malaprobis la teorion de profesoro Link. Tiam vi tre bone sciis, ke profesoro Link neniam pardonos tion al vi, sed tiam vi havis kuraĝon kaj nun...

**ROBERT:** Marianna, mi jam estas maljuna, malsana...

**VOĈO:** Jes, paĉjo, vi jam estas grave malsana, kaj ĉu vi ne opinias, ke nur doktoro Braun kaj lia kuracilo povus helpi al vi.

**ROBERT:** Marianna, pro Dio, kion vi parolas?

**VOĈO:** Jes, paĉjo, eble tiu ĉi kuracilo vere povus helpi ne nur al vi, sed al ĉiuj, kiuj suferas pro tiu ĉi malsano.

**ROBERT:** Marianna...

**VOĈO:** Ne, paĉjo, pripensu, ke la medikamento de doktoro Braun estas ankaŭ unu espero. Kiel vi deziras senigi plurajn homojn de tiu ĉi espero, kaj mem vi ne estas certa ĉu ĝi vere ne havas efikon.

**ROBERT:** Marianna, mi petas vin...

**VOĈO:** Paĉjo, mi ne komprenas kial vi evitas la esploron de tiu ĉi inventaĵo?

목소리: 하지만 아빠, 도리스는 아빠뿐만 아니라 연구소와 연구소의 과학적 작업도 사랑해요. 도리스가 아빠를 닮았다고 생각지 않으시나요? 아빠가 서른 살이었을 때 공개적으로 링크 교수의 이론을 반대했지요. 그때 아빠는 링크 교수가 절대 용서하지 않을 걸 잘 아셨지요? 하지만 그때 용기를 내셨어요. 그리고 지금….
로베르트: 마리아나, 나는 늙고 힘이 없어.

목소리: 그래요, 아빠는 몹시 아파요. 오직 브라운 박사와 그 치료제가 아빠를 도울 수 있다고는 생각지 않으세요?
로베르트: 마리아나, 도대체 무슨 말을 하는 거니?

목소리: 그래요, 아빠! 아마 이 치료제가 아빠뿐만 아니라 이런 병으로 고통당하는 모든 사람에게 도움을 줄 거예요.
로베르트: 마리아나!

목소리: 아니요, 아빠. 브라운 박사의 치료제가 하나의 희망이라고 생각을 바꿔 보세요. 사람들에게서 어떻게 이런 희망을 없애려고 하세요? 아빠도 스스로 그게 정말 효과가 없다고 확신하진 않잖아요.
로베르트: 마리아나, 부탁이야, 제발 그만해!

목소리: 아빠, 이 발명품의 조사를 왜 피하는지 이해가 안 돼요.

Ĉu vere vi tiel timas pri via kariero? Baldaŭ vi estos pensiulo, aŭ ĉu vi envias doktoron Braun, ke li sukcesis inventi tion, kion vi ĉiam serĉis, kaj al kio vi dediĉis vian tutan vivon? Diru, paĉjo, al mi vi devas esti sincera.

ROBERT: Marianna, mi neniam mensogis al vi, kaj mi ne povas mensogi al mi mem. Estas vere, ke mi ne kredas je la kuracilo de doktoro Braun. Mi eĉ ne povas supozi, ke sola persono sukcesis inventi tion, kion pluraj ne sukcesis. Nia Instituto dum dekoj da jaroj okupiĝas pri tiu ĉi problemo. En la Instituto laboras multaj talentaj sciencistoj. Se ne hodiaŭ, morgaŭ ili nepre inventos la kuracilon kontraŭ la kancero. Eble mi baldaŭ mortos, sed miaj kunlaborantoj devas daŭrigi la esplorojn, kiujn mi komencis, kaj ĝuste tial mi ne deziras per la dubinda inventaĵo de doktoro Braun riski la sorton de la Instituto, kiun mi kreis.

VOĈO: Sed, paĉjo, ĉu vi vere ne kredas, ke la kuracilo de doktoro Braun povus esti efika?

ROBERT: Ne, Marianna, ne! Mi ne kredas tion!

VOĈO: Sed, paĉjo multaj personoj kredas je ĝi, kaj mi petas vin, ne senigu ilin de tiu ĉi espero.

ROBERT: Marianna, mi estas sciencisto, ne pastro!

VOĈO: Mi timas pri vi, paĉjo...

아빠의 경력에 위협이 갈까 봐 정말 그렇게 두려우세요? 곧 연금수급자가 되잖아요. 아니면 아빠가 항상 찾던 것을 개발하는 데 성공해서 거기에 평생을 바치셨기에 브라운 박사를 질투하나요? 말씀하세요. 아빠. 제게 솔직하게 말해주세요.

로베르트: 마리아나, 나는 네게 어떤 거짓말도 안 해. 나 자신도 속일 수 없어. 브라운 박사의 치료제를 믿지 않는 건 사실이야. 여럿도 성공하지 못한 치료제를 단 한 사람이 발명에 성공했다는 건 상상도 할 수 없어. 우리 연구소는 수십 년간 이 문제를 맡아왔어. 연구소에는 능력 있는 과학자가 많이 있어. 오늘이 아니라면 내일, 그들은 꼭 암 치료제를 발명할 거야. 아마 나는 곧 죽겠지만, 내 협력자들은 내가 시작한 조사를 계속할 거야!
바로 그래서, 브라운 박사의 의심스러운 발명품 탓에 내가 만든 연구소의 운명에 위험을 감수하게 하고 싶지 않아!
목소리: 하지만 아빠, 브라운 박사 치료제가 효과가 있을 거라곤 정말 믿지 않나요?

로베르트: 믿지 않아, 마리아나! 아니야! 나는 그것을 믿지 않아!
목소리: 그래도 아빠, 많은 사람이 그걸 믿어요! 그들에게 희망을 앗아가지 말아 주세요.

로베르트: 마리아나, 난 과학자지 목사가 아니야!
목소리: 아빠, 난 아빠가 무서워요.

Antaŭ kelkaj jaroj kiam mi ankoraŭ vivis, kaj kiam ni estis kune, vi estis alia...

**ROBERT**: Marianna, Marianna ne foriru. Marianna, restu ankoraŭ iomete, ankoraŭ minuton restu, mi deziras klarigi al vi ĉion, Marianna... Marianna, mi perdis vin, sed ĉu mi perdu ankaŭ la Instituton, kiun mi per tiom da amo kaj energio kreis. Se nun mi perdos ĝin, aŭ mi rezignos pri ĝi, kial mi vivis, kio restos el mi... Marianna, Marianna, ne foriru!

(Kurteno)

몇 년 전, 제가 아직 살았을 때, 우리가 함께 있던 그땐 아빠는 지금과 달랐어요.

로베르트: 마리아나! 마리아나! 가지 마라! 마리아나! 조금만 더 머물러! 아직 몇 분만 더 있어 줘! 모든 걸 네게 설명하고 싶어. 마리아나, 나는 너를 잃었어! 하지만 내가 그렇게 많은 사랑과 공을 바친 연구소도 잃어야 하니? 지금껏 내가 쌓아온 것들을 모두 잃는다면 내가 어떻게 살겠니? 내게 무엇이 남겠니? 마리아나! 마리아나! 가지 마!


(막)

# TRIA SCENO

La scenejo prezentas la kabineton de Klaus Hard, la ĉefredaktoro de la revuo "Semajno". En la kabineto videblas skribotablo, libroŝranko, kafotablo kun du foteloj. Klaus Hard estas sola en la kabineto. La telefono eksonoras. Klaus levas la parolilon.

**KLAUS**: Jes, Julia, mi akceptos tiun ĉi personon. Diru al li, ke mi atendas lin. Dankon.

(Audiĝas frapeto je la pordo, la pordo malfermiĝas, kaj la kabineton eniras prof. Robert Falk.)

**ROBERT**: Bonan tagon, sinjoro Hard.
**KLAUS**: Bonan tagon, sinjoro. Kun kiu mi havas la honoron renkontiĝi?
**ROBERT**: Profesoro Falk, direktoro de la Sciencesplora Instituto pri Kancerologio.
**KLAUS**: Ĉu mem profesoro Falk?
**ROBERT**: Kial Vi miras? Ĉu profesoroj ne rajtas viziti persone redakciojn?
**KLAUS**: Kial ne, la redakcio de "Semajno" estas ĉiam malfermita por ĉiuj.

# 3장

무대는 세마이노 잡지의 주 편집장 클라우스 하르드의 사무실을 보여 준다. 사무실에 책상, 책장, 커피용 탁자와 안락의자 두 개가 보인다. 클라우스는 사무실에 혼자 있다. 전화가 울리고 클라우스는 수화기를 든다.

클라우스: 예, **율리아**. 나는 지금 그 사람을 기다리고 있어요. 내가 기다리고 있다고 말해주세요. 고마워요.

(문에서 노크 소리가 난다. 문이 열리고 사무실로 로베르트 팔크 교수가 들어선다.)

로베르트: 안녕하세요, 하르드 씨!
클라우스: 안녕하십니까, 선생님! 저와 이 귀한 만남을 가지는 분은 누구십니까?

로베르트: 암 과학연구소장 팔크 교수입니다.
클라우스: 팔크 교수님, 본인입니까?

로베르트: 왜 놀라십니까? 교수가 개인적으로 편집실을 방문하면 안 됩니까?
클라우스: 아닙니다, 세마이노의 편집실은 누구에게나 항상 열려있습니다.

**ROBERT**: La redakcio[3] eble jes, sed la paĝoj de la revuo ne!

**KLAUS**: Mi ne tre bone komprenas Vin, profesoro Falk.

**ROBERT**: Ankaŭ mi ne komprenas Vin, sinjoro Hard. Vi rezignis aperigi la opinion de nia Instituto pri la kuracilo de doktoro Braun, Ĉu ne?

**KLAUS**: Estas iu miskompreno. Mi mem deziras publikigi opinion de Via Instituto pri tiu ĉi kuracilo. Ja tial aperis la artikolo de Mark Mason pri doktoro Braun,

**ROBERT**: Verŝajne tial Vi eĉ ne bonvolis tralegi la opinion, kiun ni sendis al Vi.

**KLAUS**: Vi sendis al mi ne opinion, sed leteron.

**ROBERT**: Kaj laŭ Vi ĝi ne povas esti nia oficiala opinio pri la kuracilo de doktoro Braun, ĉu?

**KLAUS**: Ne!

**ROBERT**: Interese kial?

**KLAUS**: Tri jarojn Via Instituto eĉ vorton ne diris pri la kuracilo, kaj nun, kiam aperis la artikolo en "Semajno", la scienca konsilio de la Instituto tuj deklaris, ke la inventaĵo de doktoro Braun ne havas efikon. Ĉu en tio ne estas io suspektinda, sinjoro profesoro?

---

3) redakci-o 편집부(編輯部), 전체 편집 인원 (=redaktistaro); 편집소[실] (=redaktejo); 편집공작[사무] (=redaktado). redakciano 편집원.

로베르트: 편집실은 그렇겠지만 잡지의 글은 아닌 거 같네요.
클라우스: 무슨 말씀인지 잘 이해가 안 갑니다, 팔크 교수님.

로베르트: 나도 하르드 씨가 이해가 안 됩니다. 브라운 박사 치료제에 관한 우리 연구소 의견을 잡지에 싣길 거절하셨죠, 그렇죠?
클라우스: 무슨 오해가 있군요. 이 치료제에 관한 귀 연구소의 의견을 싣길 저는 몹시 원합니다. 그래서 브라운 박사 기사를 마르크 마손이 쓴 거죠.

로베르트: 우리가 선생께 보낸 의견을 전부 읽어보진 않으신 것 같네요.
클라우스: 교수님은 우리에게 의견이 아니라 편지를 보내셨죠.

로베르트: 선생에 따르면, 그건 브라운 박사 치료제에 관한 우리 연구소 공식 의견일 수 없다, 그 말이죠?
클라우스: 그렇습니다!
로베르트: 흥미롭네요, 왜요?
클라우스: 3년간 귀 연구소는 치료제에 관해 한마디도 언급하지 않았습니다. 그리고 지금 세마이노에서 기사가 나오자마자 연구소 과학위원회 이름으로 브라운 박사 발명품이 효과가 없다고 즉시 선언했습니다. 거기엔 의심할 만한 뭔가가 있지 않습니까, 교수님?

**ROBERT**: Ĉu vi suspektas, ke dum tri jaroj ni ne pristudis la priskribojn kaj la dokumentadon de la kuracilo de doktoro Braun?

**KLAUS**: Mi ne diris tion, sed doktoro Braun, kaj ne nur li, atendas de Via Instituto kompetentan, argumentitan opinion, kaj la Instituto devas ne nur pristudi, sed detale espolri la kuracilon eksperimente, kaj nur poste diri ĉu ĝi estas efika aŭ ne.

**ROBERT**: Kompreneble, Vi eĉ ne povas imagi kiom da priskriboj ni ricevas ĉiujare de diversaj pseŭdoscienculoj, kiuj asertas, ke ili inventis kuracilon kontraŭ la kancero. Ĉu Vi opinias, sinjoro Hard, ke ni havas la eblon kaj energion detale espolri ĉiujn projektkuracilojn?

**KLAUS**: Ĉu vi opinias, ke doktoro Braun estas pseŭdoscienculo?

**ROBERT**: Nur tiu aŭ ĉarlatano povas aserti, ke li inventis kuracilon kontraŭ la kancero.

**KLAUS**: Se tiu ĉi "pseŭdoscienculo aŭ ĉarlatano" tamen sukcesis inventi kuracilon kontraŭ la kancero.

**ROBERT**: Tio tute ne eblas!

**KLAUS**: En sia artikolo, Mark Mason asertas, ke dank'al la kuracilo de doktoro Braun, okdek procentoj el la malsanuloj resaniĝis.

로베르트: 3년간 우리가 브라운 박사 치료제에 관한 처방이나 자료를 연구하지 않았다고 의심하나요?

클라우스: 그렇게 말씀드리지 않았습니다. 저희는 브라운 박사뿐 만이 아니라, 귀 연구소에서도 유능하고 첨예한 의견을 주시길 기다립니다. 그리고 연구소는 치료제를 조사만 할 게 아니라 자세히 실험하고 연구하고 그 후에 효과가 있는지 없는지를 말해야만 합니다.

로베르트: 물론 선생은, 매년 사이비 과학자들이 암 퇴치 치료제를 발명했다고 주장하면서 보내는 처방이 얼마나 많은지 상상조차 할 수 없을 겁니다. 하르드 씨, 우리에게 모든 실험 치료제를 자세히 조사할 여력이 있다고 생각합니까?

클라우스: 브라운 박사를 사이비 과학자로 취급하십니까?

로베르트: 사이비 과학자나 협잡꾼들만 암 퇴치제를 발명했다고 주장합니다.
클라우스: 사이비 과학자나 협잡꾼이 암 퇴치제 발명에 성공했다면?

로베르트: 그건 절대 불가능합니다!
클라우스: 기사에서 마르크 마손 기자는 브라운 박사 치료제 덕분에 환자 80%가 건강해졌다고 주장합니다!

ROBERT: Iu gazetisto rajtas aserti ion ajn.

KLAUS: Sed ĉiuj asertoj, kiuj aperas en "Semajno" estas pruvitaj. Ĉu vi ne pensas, profesoro Falk, ke la ĵurnalistoj emas pli detale esplori la faktojn ol iuj sciencistoj?

ROBERT: Pri kio Vi aludas?

KLAUS: Mi ne aludas, mi nur konsilas al Vi, bonvolu esplori la inventaĵon de doktoro Braun, kaj nur poste prezentu Vian opinion pri ĝi.

ROBERT: Jen nia opinio, kiu aperos en la sekva numero de "Semajno"

KLAUS: Mi nur ne komprenas kiu estas la redaktoro de "Semajno" – ĉu mi, aŭ Vi, profesora moŝto, kaj bonvolu scii, ke dum mi redaktas "Semajnon" – tiu ĉi opinio ne aperos sur ĝiaj paĝoj. Aŭ ĉu Vi opinias, ke "Semajno" estas revuo, kiu aperigas mistifikaĵojn, manipulitajn opiniojn? Ĝuste tial mi aperigis la artikolon pri doktoro Braun, ĉar Via Instituto devas serioze esplori tiun ĉi kuracilon, kaj klare diri kontraŭ kiuj kancermalsanoj ĝi estas efika, kaj kontraŭ kiuj ne!

ROBERT: Ni jam diris; per la kuracilo de d-ro Braun oni ne povas kuraci la kancermalsanojn.

KLAUS: Profesoro! Vi timas tiun ĉi kuracilon!

로베르트: 기자들은 무엇이든지 주장하죠!

클라우스: 하지만 세마이노에 게재된 모든 주장은 검증된 것입니다, 팔크 교수님! 기자가 과학자들보다 조사를 철저히 하는 경향이 있다고 생각지는 않으시나요?

로베르트: 무슨 암시입니까?

클라우스: 암시가 아니고 충고를 드리는 겁니다. 브라운 박사 발명품을 잘 조사해보십시오! 그러고 나서 거기에 관한 교수님 의견을 보내 주십시오!

로베르트: 우리 의견은 세마이노 다음 호에 실리겠죠?

클라우스: 세마이노 편집자가 누군지 이해가 안 되네요. 저입니까 아니면 교수님입니까?
세마이노를 편집하는 동안 모두 사람에게 알려 주십시오, 이 의견은 실리지 않을 겁니다! 세마이노가 우롱하거나 조작된 의견을 내는 잡지라고 생각하십니까? 바로 그래서 내가 브라운 박사 기사를 낸 겁니다.
귀 연구소가 이 치료제를 진지하게 조사해서, 암 환자에게 효과가 있는지 없는지 분명히 말해야 하니까 말입니다.

로베르트: 우린 이미 브라운 박사 치료제로는 암 환자를 치료할 수 없다고 말했어요!
클라우스: 교수님, 이 치료제를 두려워하십니까?

Vi timas Vian karieron, sed Via Instituto devas serioze esplori la inventaĵon de doktoro Braun. La homoj, kiuj suferas pro tiu ĉi malsano, atendas la kompetentan opinion de Via Instituto pri la medikamento.

ROBERT: Sufiĉe, sinjoro Hard, ni ludu per malkaŝitaj kartoj.

KLAUS: Mi ne havas tempon ludi. Ĝis revido, profesora moŝto!

ROBERT: (post eta paŭzo) - Evidente mi devas esti pli konkreta, kaj pli detale klarigi al Vi pri kio temas.

KLAUS: Mi scivolas aŭdi, kiajn aliajn argumentojn Vi havas?

ROBERT: Nun Via ironio ne estas konvena, sinjoro Hard. (post eta paŭzo) Verŝajne Vi ankoraŭ ne forgesis la jaron 1965.

KLAUS: Mi ne komprenas pri kio Vi aludas, sinjoro profesoro?

ROBERT: En 1965 Vi estis oficiala korespondanto de "Vespera Kuriero" en Montario, ĉu ne?

KLAUS: Jes, kaj...

ROBERT: Kaj tie Vi okupiĝis pri iu afero..., sed feliĉe post Via reveno, Vi eskapis de la puno... Tamen ankoraŭ ne estas malfrue, sinjoro Klaus Hard!

교수님은 경력을 두려워하시는 것 같습니다만, 귀 연구소에서 브라운 박사 발명품을 진지하게 조사해야만 합니다! 이 질병으로 고통을 당하는 사람들은 이 약에 관한 귀 연구소의 권위 있는 의견을 기다립니다.

로베르트: 이 문제는 그만하면 됐어요, 하르드 씨. 이번엔 드러난 카드게임을 해 보죠.
클라우스: 저는 카드 놀이할 시간이 없습니다! 안녕히 가십시오, 교수님.

로베르트: (조금 쉰 뒤) 분명히 나는 선생께 이 주제를 더 확실하게, 더 자세히 말하고 싶은데요.
클라우스: 교수님이 어떤 다른 논쟁거리를 가졌는지 듣고 싶군요.

로베르트: 하르드 씨, 지금 선생의 비유는 적당하지 않습니다. (조금 쉰 뒤) 선생은 1965년을 잊진 않았겠죠?
클라우스: 무슨 말씀을 하시는지 이해가 잘 안 되는군요, 교수님.

로베르트: 1965년에 선생은 **몬타리오**에 있는 '**저녁의 배달부**'라는 신문의 공식 특파원이었죠, 그렇죠?
클라우스: 예, 그리고?
로베르트: 거기서 어떤 사건을 맡았죠. 하지만 다행스럽게 귀국한 뒤, 벌을 피했죠. 그렇지만 아직 늦진 않았습니다. 클라우스 하르드 씨!

**KLAUS**: Tio estas ĉantaĝo! Ĉu universitata profesoro kapablas uzi tiajn firimedojn?

**ROBERT**: Ĉu principa ĵurnalisto kapablas krimagi?

**KLAUS**: Tio ne estas vera!

**ROBERT**: Estas sufiĉe da pruvoj, sinjoro Hard, kaj eble nun Vi komprenas, ke ne nur la ĵurnalistoj kapablas fari detalajn esplorojn. Vi ŝatas ludi la noblan rolon de principema redaktoro, sed tiu ĉi rolo povas baldaŭ finiĝi ĉi tie, kaj Vi daŭrigos ĝin antaŭ la tribunalo, kaj poste en la malliberejo. Por Via sekreta agado en Montario ne estas preskripto, sinjoro Hard, kaj Vi bone scias tion!

**KLAUS**: Tio estas fia ofendo! Pro ĝi, ne mi, sed Vi ekstaros antaŭ la tribunalon!

**ROBERT**: Trankvile, sinjoro Hard, nia konversacio finiĝis. Eble nun Vi komprenas kial mi vizitis persone la redaktejon de "Semajno". Mi nur alportis la opinion de la Instituto pri la kuracilo de doktoro Braun, kiu opinio aperos en la sekva numero de "Semajno". Kaj mi konsilas al Vi ne okupiĝi plu pri doktoro Braun. Vi estas posedanto kaj ĉefredaktoro de serioza revuo, kaj anstataŭ okupiĝi pri tiel nomataj inventaĵoj de pseŭdoscienculoj, Vi povus trovi pli gravajn temojn kaj problemojn.

클라우스: 이건 협박입니다! 대학교수가 이런 질 나쁜 방식을 사용하십니까?

로베르트: 원칙을 따지는 기자가 범죄행위를 할 수 있습니까?

클라우스: 그건 사실이 아닙니다!

로베르트: 충분히 증거가 있습니다, 하르드 씨! 선생은 기자들만 조사를 자세히 한다고 생각진 않겠죠? 선생은 원칙을 좋아하는 편집자의 고귀한 역할을 좋아하겠지만 그 역할은 곧 끝날 것입니다. 그리고 재판정에 서게 될 거고, 그 후엔 감옥이겠죠! 선생이 몬타리오에서 저지른 비밀 행동엔 시효가 없습니다. 하르드 씨, 당신은 그것을 잘 압니다.

클라우스: 저질스러운 공격이군요. 그것 때문이라면 제가 아니라 교수님이 재판정에 설 겁니다.

로베르트: 우리의 대화는 조용히 끝났습니다. 하르드 씨, 지금쯤 내가 왜 세마이노 편집실을 개인적으로 방문했는지 아시겠지요. 난 세마이노 다음 호에 실릴 브라운 박사의 치료제에 관한 우리 연구소의 의견을 가지고 왔을 뿐입니다. 그리고 난 브라운 박사에 관해 더 다루지 말라고 충고합니다. 선생은 중요한 잡지의 소유자요 주 편집장이니 사이비 과학자의 발명품에 몰두하는 대신, 더 중요한 주제와 문제를 찾을 수 있을 테죠.

클라우스: 제가 무슨 주제를 다룰지 결정할 사람은 교수님이 아닙니다!

**KLAUS**: Ne Vi estas tiu, kiu diros pri kio mi okupiĝu!

**ROBERT**: Ĉu Vi ankoraŭ ne komprenis min, sinjoro Hard?

**KLAUS**: Sed Vi forgesas, profesoro Falk, ke Mark Mason estas sufiĉe fama ĵurnalisto. Li posedas la filmon, kiun li mem faris en la hospitalo de doktoro Braun, kaj tiu ĉi filmo povas esti serioza argumento kontraŭ Viaj asertoj.

**ROBERT**: Hard, ni ne estas infanoj. Mark Mason estas Via dungito kaj ne la mia. Vi povas klarigi al li pri kio temas, kaj tiu ĉi filmo estos facile forgesita. Ĉu ne?

(Klaus silentas.)

**ROBERT**: Tamen mi tre ŝatas Vian revuon. Ĝi estas altnivela, interesa. En ĝi ofte aperas sensaciaj artikoloj. Kun granda intereso mi tralegos la sekvan numeron de "Semajno". Mi esperas, ke Vi deziras ankoraŭ longe esti la posedanto kaj redaktoro de "Semajno". Mi esperas! Ĝis revido, sinjoro Hard, mi ĝojas, ke ni konatiĝis, estis plezuro por mi ekkoni tian faman ĵurnaliston kaj redaktoron, kiel Vi, kiun oni bone konas ankaŭ eksterlande, precipe en Montario.

로베르트: 선생은 아직 제 말뜻을 이해하지 못했나요, 하르드 씨?

클라우스: 팔크 교수님, 마르크 마손이 꽤 유명한 기자라는 사실을 잊으셨나요? 마르크는 브라운 박사 병원에서 직접 찍은 영상을 가지고 있어요. 그 영상은 교수님의 주장에 맞서는 중요한 논쟁거리가 될 겁니다.

로베르트: 하르드 씨, 우리는 어린아이가 아닙니다. 마르크 마손은 선생 직원이지 제 직원이 아닙니다. 선생은 그에게 무엇이 주제인지 설명할 수 있습니다. 그리고 이 영상은 쉽게 잊힐 겁니다, 그렇지요?

(클라우스가 조용해진다.)

로베르트: 그래도 난 선생의 잡지를 아주 좋아해요. 수준 높고 흥미 있으니까요. 거기에 자주 큰 사건기사가 나오죠. 큰 흥미를 느끼고 세마이노 다음 호를 읽을게요. 나는 선생이 오랫동안 세마이노 소유자요 편집자로 남길 바랍니다.
안녕히 계세요, 하르드 씨.
당신을 알게 돼 기뻐요. 선생처럼 유명한 기자요 편집장을 알게 돼서 기쁩니다. 사람들은 선생을 외국 특히 몬타리오에서도 잘 압니다.

Ĝis revido.

(Prof. Falk foriras. Klaus Hard restas sola en la kabineto, kaj kelkajn minutojn li silente staras ĉe la skribotablo.)

**KLAUS:** Ne! Vi malbone konas min, prof. Falk! Klaus Hard ne ĵus elrampis el la ovo. Ne estas facilc ĉantaĝi⁴⁾ aŭ timigi lin! Kompreneble Vi ne scias, ke antaŭ kvin jaroj Hard estis kaptito de ekstremistaj politikaj teroristoj, kaj eĉ ili ne sukcesis senfortigi lin. Vi ne scias, ke dum dudek jaroj Hard estis en plej ardaj punktoj de la terglobo. Li kuris inter kugloj, pafadoj kaj eksplodoj, li intervjuis teroristojn, diktatorojn, partizanojn.⁵⁾ Hard ofte rigardis la morton, rekte en ĝiajn glaciajn okulojn, kaj Hard verkis artikolojn post artikoloj, riportojn post riportoj. Kial profesoro Falk? Kial? Ĉu pro mono aŭ aventuremo? Eble jes, sed ne nur pro tiuj. En tio estas ankaŭ io alia: devo, tiu de ĵurnalisto. Ĉu vi aŭdis tiun ĉi vorton "devo"? Ĝi povas esti "gepatra", "kuracista", "scienca", "homa".

---

4) ĉantaĝ-i  [타] 을러(등쳐) 빼앗다, 을러서 빼앗게 하다.
5) partizan-o 유격대원(遊擊隊員), 빨치산. partizantaĉmento 유격대(遊擊隊).

안녕히 계세요.

(팔크 교수는 떠났다. 클라우스 하르드는 사무실에 혼자 남아 몇 분간 조용히 책상 옆에서 있다.)

클라우스: 아니야, 교수는 나를 잘못 알았어. 팔크 교수, 클라우스 하르드는 방금 알에서 나온 햇병아리가 아니야. 나를 협박하거나 두렵게 하는 건 쉽지 않지.
5년 전, 과격파 정치 테러리스트에게 피랍됐을 때, 그들조차 나를 무너뜨리지 못한 걸 교수는 알지 못해.
20년간 하르드는 지구의 가장 뜨거운 적인 것을 교수는 알지 못한다.
이 하르드는 총격 속에서도 총알 사이로 달렸고 폭발했다.
하르드는 테러리스트, 독재자, 파르티잔을 인터뷰했어.
하르드는 이 얼음장 같은 눈으로 자주 죽음을 목격했다.
그리고 하르드는 기사를, 보도자료를 계속 썼어.
왜 팔크 교수인가?
왜? 돈 때문인가, 아니면 모험 정신 때문인가?
아마, 그럴 것이다. 그러나 그것 때문만은 아니다.
거기에 뭔가 다른 의무, 기자의 것이 있다.
당신은 이 의무라는 단어를 들었는가?
그것은 부모 같은, 치료자 같은, 과학자적인, 사람다운 것일 수 있다.

Hard deziris, ke ankaŭ en aliaj partoj de la mondo la homoj eksciu, ke estas landoj, en kiuj oni pafmortigas senkulpajn gevirojn, infanojn, sed ekzistas ankaŭ landoj, en kiuj homoj inventas ne armilojn, sed medikamentojn! Eble Vi ne scias pri tio, sed Vi scias pri Montario. Vi estas bonege informita pri la eventoj, kiuj okazis en Montario. Tamen, el la hodiaŭa vidpunkto Vi estas informita, profesoro Falk. Ĉio ŝanĝiĝas. En la mondo nenio restas la sama. Dume ŝanĝiĝis la registaro en nia lando, kaj el la vidpunkto de la nova registaro, mia agado en Montario estis kontraŭleĝa. Nun oni povas starigi min antaŭ la tribunalon. Jes, Vi estas tre bone informita, profesora moŝto. Verŝajne iuj, ie zorge interesiĝas pri mi, pri mia agado, kaj pere de Vi, ili deziras rememorigi min pri Montario. Ne! Nun, en mia aĝo, iĝi malliberulo ne estas heroeco. Jurproceso, tribunalo, advokatoj, bruo, abunda sensacio por aliaj revuoj kaj ĵurnaloj, triumfo por la konkurencoj. Ne! Iam mi helpis al la patriotoj de Montario. Iam mi havis kuraĝon... agi en Montario.

(Klaus Hard proksimiĝas al la telefono kaj telefonas.)

하르드는 세계의 다른 곳에 죄 없는 남녀와 어린이를 총으로 쏴 죽이는 나라가 있다는 걸 사람들이 알기 바라지.

하지만 무기가 아니라 의약 치료제를 발명하는 나라도 존재해.

아마 당신은 거기에 관해 모를 것이다.

그러나 몬타리오에 관해서는 잘 아는구나.

몬타리오에서 발생한 사건에 관해 잘 알고 있어.

그렇지만 당신은 오늘의 관점에서 정보를 알고 있지.

팔크 교수! 모든 것은 변해.

세계에서 같은 것은 아무것도 남지 않았어.

그러면서 우리나라 정부도 바뀌었지. 새 정부의 관점에선 몬타리오에서 한 내 행동은 불법이야.

지금 나를 재판정에 세울 수도 있지.

그래, 교수, 당신은 아주 흥미로운 정보를 가지고 있어.

정말 누군가가 어딘가에 숨어서 나와 내 행동에 흥미를 느끼고, 당신에게 몬타리오에서의 나를 기억하게 해 주었군.

그건 안 돼!

지금 이 나이에 죄수가 되는 건 영웅적이지 않아.

법률분쟁, 재판, 변호사, 소송, 다른 잡지와 신문에 대서특필, 상업경쟁의 패배! 안 돼!

한때 난 몬타리오 애국자들을 도왔지.

한때 난 몬타리오에서 옳은 걸 행동으로 옮길 용기가 있었어.

(클라우스 하르드는 전화기로 가까이 가서 전화한다.)

**KLAUS**: Julia, bonvolu alvoki al mi sinjoron Mark Mason. Dankon.

(Klaus Hard iom nerve promenas en la kabineto. Post minuto la kabineton eniras Mark Mason.)

**MARK**: Saluton, sinjoro Hard.
**KLAUS**: Saluton, Mark, kiel vi fartas?
**MARK**: Dankon, mi fartas bone.
**KLAUS**: Ĉu vi jam preparas vin por Japanio?
**MARK**: Jes, sed ankoraŭ estas frue. Estas tri monatoj ĝis la forveturo.
**KLAUS**: Tamen vi havas multe da laboro. Nun vi devas detale pristudi la japanajn kutimojn, historion, kulturon. Por la ĵurnalisto ege gravas iom antaŭe ekkoni la landon en kiu li estos korespondanto. Vi devas eĉ iom eklerni ankaŭ la japanan lingvon.
**MARK**: Jes, kompreneble. Mi jam komencis okupiĝi pri la japana lingvo kaj mi bone prosperas.
**KLAUS**: Bonege, bonege. Mi scias, ke Japanio multe helpos al vi, kaj post via reveno, vi certe estos unu el la elstaraj ĵurnalistoj de "Semajno".

(Klaus Hard iras al la skribotablo kaj prenas de tie la reagartikolon de la Sciencesplora Instituto pri Kancerologio.)

클라우스: 율리아, 마르크 마손 씨를 호출해 줘요. 감사해요.

(클라우스 하르드는 조금 신경질적으로 사무실을 서성거린다. 몇 분 뒤 사무실로 마르크 마손이 들어온다.)

마르크: 안녕하십니까, 편집장님?
클라우스: 안녕, 마르크, 어떻게 지내?
마르크: 감사합니다, 잘 지냅니다.
클라우스: 일본에 갈 준비는 잘 하고 있지?

마르크: 예, 하지만 아직 일러요. 출발까진 석 달이나 남았어요.
클라우스: 그렇지 않아. 준비하려면 일이 많아. 일본의 관습, 역사, 문화를 자세히 조사해야 해.
기자는 특파원이 될 나라를 미리 아는 게 무척 중요해. 일본어도 조금씩 배워야 하고.
마르크: 예, 물론이죠. 일본어는 벌써 배우고 있습니다. 잘 준비하고 있어요.

클라우스: 좋아, 아주 좋아! 일본은 크게 도움이 될 것이야. 돌아오면 자네는 분명 세마이노의 유능한 기자가 되리란 걸 난 알지.

(클라우스 하르드는 책상으로 가서 암 과학연구소의 반박 기사를 집어 든다.)

**KLAUS**: Hodiaŭ, mi ricevis de la Sciencesplora Instituto pri Kancerologio reagon al via artikolo pri d-ro Braun. Bonvolu tralegi ĝin.

(Mark prenas la reagartikolon kaj silente legas ĝin.)

**MARK**: Tio ne povas esti! Tiuj ĉi estas falsaj atestoj! La Sciencesplora Instituto eĉ ne pristudis la priskribojn kaj la dokumentadon de la kuracilo!

**KLAUS**: Ĉu vi estas certa pri tio?

**MARK**: Jes, mi eĉ povas pruvi6) tion!

**KLAUS**: Kial necesas pruvi tion?

**MARK**: Mi ne komprenas Vin, sinjoro Hard.

**KLAUS**: Ĉio estas klara. Vi verkis artikolon pri doktoro Braun, kaj la celo de tiu ĉi artikolo estis, atentigi la Sciencesploran Instituton pri Kancerologio, pri la kuracilo de doktoro Braun. Jen, la Sciencesplora Instituto prezentis sian argumentitan opinion pri tiu ĉi inventaĵo.

**MARK**: Ĉu laŭ Vi tiu ĉi estas "argumentita opinio"?

**KLAUS**: Jes, tio estas la oficiala opinio de la Sciencesplora Instituto pri Kancerologio.

---

6) pruv-i <他> 증명(證明)하다, 입증하다. pruviĝi 증명되다, 판명(判明)되다. pruvpeco 증거품. malpruvi (…의)반증(反證)을 들다, 논박(論駁)하다, 아님을 증명하다. pruvo, pruvado 증명, 입증(立證)

클라우스: 오늘 암 과학연구소에서 보낸 브라운 박사 기사 반박문이야.
잘 읽어보게.

(마르크는 반박문을 들고 조용히 읽는다.)

마르크: 있을 수 없는 일입니다. 거짓 주장이라고요! 과학연구소는 치료제의 처방이나 자료를 조사도 하지 않았습니다.

클라우스: 확신하나?
마르크: 예, 증명할 수도 있어요.

클라우스: 그것을 왜 증명해야 하지?

마르크: 편집장님, 이해가 안 갑니다.

클라우스: 모든 게 분명해. 자넨 브라운 박사에 관한 기사를 썼지. 그 기사의 목적은 브라운 박사의 치료제에 관한 과학연구소의 관심을 불러일으키는 것이야.
여기 과학연구소는 이 발명품에 대해 논쟁 의견을 제출했어.

마르크: 편집장님이 보기에 이것이 논쟁 의견입니까?

클라우스: 그래, 그게 암 과학연구소 공식 의견이야.

**MARK**: Se mi bone komprenas, tio signifas, ke "Semajno" aperigos la reagartikolon de la Instituto, kaj per tiu ĉi artikolo, la redakcio fermos la problemon pri doktoro Braun kaj lia kuracilo, ĉu?

**KLAUS**: Jes.

**MARK**: Sed tiam mia artikolo iĝis tute superflua. Tio signifas, ke vane mi pasigis dek monatojn en la hospitalo de doktoro Braun. Vane mi dokumentis kaj filmis ĉion, vane mi vidis per miaj okuloj la resanigon de tiom da personoj. Ĉu mi ne estis en la hospitalo ĝuste pro tio, ke mi verku artikolon, bazitan sur faktoj kaj dokumentoj, kaj per tiu ĉi artikolo ni demandu la Sciencesploran Instituton pri Kancerologio, kial la Instituto ĝis nun ne esploris la kuracilon de doktoro Braun? Kial la Instituto oficiale ne anoncis ĉu la medikamento havas efikon aŭ ne? Kaj jen la respondo de la Instituto! Nun, se aperus tiu ĉi respondo, evidentiĝos, ke mi mensogis, ke mi skribaĉis fantaziaĵojn, ke mi tute frivole donis esperon al sennombraj homoj! Ĉu ankaŭ Vi, sinjoro Hard, opinias, ke mi verkis pri fantaziaĵoj, ke mi malhoneste plenumis mian taskon?

**KLAUS**: Ne, Mark, vi bone plenumis vian taskon.

마르크: 제 생각엔 이건 연구소 반박 기사를 세마이노가 게재한다는 걸 의미합니다. 그리고 이 기사로 편집실은 브라운 박사와 치료제 문제를 종료하겠죠, 그렇죠?

클라우스: 맞아!

마르크: 그러면 제 기사는 도를 넘었네요? 저는 10개월을 헛되이 브라운 박사 병원에서 보낸 거군요. 모든 걸 기록하고 영상으로 찍은 것도 헛것이고, 제 눈으로 그 많은 사람이 다시 건강을 회복한 걸 본 것도 헛것이네요.
제가 사실과 자료에 바탕을 둔 기사를 쓰려고, 또 이 기사로 암 과학연구소가 왜 지금까지 브라운 박사의 치료제를 조사하지 않았는지, 왜 연구소는 의약품이 효과가 있는지 없는지를 발표하지 않았는지 질문하려고, 바로 그것 때문에 제가 병원에 간 게 아닙니까?
왜 공식적으로 발표하지 않았습니까?
이것이 연구소의 응답이라고요?
지금 이 글이 실린다면 제가 제멋대로 환상을 써서 수많은 사람에게 희망을 안겨주는 거짓말을 했다는 게 명백해질 겁니다.
편집장님, 편집장님도 제가 환상을 써서 제 일을 부정직하게 수행했다고 생각하십니까?

클라우스: 아니네, 마르크. 자네는 일을 잘 수행했어!

Vi estis en la malsanulejo de doktoro Braun, vi verkis pri tio, kion vi vidis. Nun la Sciencesplora Instituto reagas oficiale al via artikolo. La Sciencesplora Instituto estas kompetenta pri tiu ĉi problemo, kaj ni devas aperigi ankaŭ la opinion de la Instituto. Ni estas kronikistoj, Mark, kaj ne ekspertoj pri kancerologio.

**MARK**: Sed tiam ni estas falsaj kronikistoj, ĉar se la Instituto pravas, tio signifas, ke Vi aperigis mian falsan artikolon, aŭ se mi pravas, tio signifas, ke Vi aperigos la falsan ateston de la Instituto. Tiam oni ne plu kredos je ni, je nia revuo. Krom tio, mi ne konsideras min nur kronikisto. Mi estas ĵurnalisto, sinjoro Hard, ĵurnalisto – advokato de la homaj rajtoj, gardanta la justecon kaj liberecon de l'individuoj kaj de l' socio.

**KLAUS**: Lasu la grandajn vortojn, Mark.

**MARK**: Ne, sinjoro Hard, mi ne lasos tion. La reagartikolo de la Instituto pri Kancerologio estas ankaŭ akuzo kontraŭ mi. Per tiu ĉi reagartikolo, la Instituto ne nur pruvos, ke la kuracilo de doktoro Braun ne havas efikon, sed ĝi akuzas min, ke mi verkis mensogojn, fantaziaĵojn. Ne, sinjoro Hard, mi ne povas akcepti tion!

브라운 박사의 병원에 실제로 있었고 본 것을 썼어.

지금 과학연구소는 자네 기사에 공식적으로 응답했어.

과학연구소는 이 문제에 관해 전문성이 있는 기관이야.

우리 역시 연구소의 의견을 실어야 해.

우리는 기록자일 뿐, 암 전문가는 아니니까. 마르크.

마르크: 하지만 우린 거짓 기록자가 됩니다. 연구소가 맞는다면 그건 편집장님이 제 거짓 기사를 실은 것을 의미하거나, 제가 맞는다면 그것은 편집장님이 연구소의 거짓 주장을 실은 걸 의미하니까요!

그때 사람들은 우리 잡지를 더는 신뢰하지 않을 겁니다. 게다가 전 제가 단순히 기록자라고 생각지 않습니다. 저는 기자입니다, 편집장님, 기자라고요!

인권의 변호사, 정의와 개인과 사회의 자유 수호자 말입니다!

클라우스: 큰 소리 내지 마, 마르크!

마르크: 아닙니다, 편집장님. 그걸 그냥 두고 보진 않겠습니다. 암 과학연구소의 반박 기사는 저에 대한 고발입니다.

이 반박문으로 브라운 박사의 치료제가 효과 없다는 걸 증명할 뿐만 아니라, 제가 거짓말이나 환상을 썼다고 저를 고발하는 겁니다.

아닙니다, 편집장님!

저는 그걸 절대로 받아들일 수 없어요!

Mi nur deziras ankoraŭfoje demandi Vin, ĉu per la aperigo de la reagartikolo de la Instituto Vi finos la diskuton pri d-ro Braun kaj lia kuracilo?

KLAUS: Jes!

MARK: Kaj en "Semajno" ne aperos plu artikoloj pri tiu ĉi temo?

KLAUS: Ne plu!

MARK: Sed mi, sinjoro Hard, ne rezignos! Vi scias, ke ĉe mi estas la filmo, kiun mi faris en la hospitalo de doktoro Braun, ĉe mi estas ĉiuj dokumentoj, kaj mi pruvos, ke la kuracilo de d-ro Braun estas efika, ke mi ne verkis mensogojn kaj fantaziaĵojn! Pere de la vasta socia opinio mi postulos, ke la Sciencesplora Instituto pri Kancerologio urĝe esploru la kuracilon de d-ro Braun!

KLAUS: Kiel naiva vi estas, Mark.

MARK: Ne, sinjoro Hard, tiu ĉi artikolo estas tre grava por mi. Mi kredas je la kuracilo de doktoro Braun, kaj se mi estas ĵurnalisto, mi devas esti preta defendi la enhavon de ĉiu mia artikolo, la veron de ĉiu mia vorto. La presita vorto estas forto, sinjoro Hard!

KLAUS: Tamen atentu, Mark, ke tiu ĉi forto ne direktiĝu kontraŭ vi.

MARK: Ĉu tio estas minaco, sinjoro Hard?

저는 다시 한번 편집장님께 묻고 싶어요, 연구소의 반박 기사를 실어서 브라운 박사와 그 치료제에 관한 토론을 끝낼 것인지를!

클라우스: 그래!

마르크: 그럼 세마이노에서는 이 주제로는 더 기사를 싣지 않겠네요?

클라우스: 더는 안 나가지!

마르크: 하지만 편집장님, 저는 그만두지 않겠습니다! 알다시피 제게는 브라운 박사 병원에서 찍은 영상이 있고, 많은 서류가 남아 있어요. 그걸로 브라운 박사 치료제가 효과가 있고 나는 거짓말이나 환상을 쓰지 않았다고 증명할 겁니다! 사회 의견을 광범위하게 물어서 암 과학연구소가 서둘러 브라운 박사의 치료제를 조사하도록 요구할 거라고요.

클라우스: 마르크, 자네는 왜 그리 단순한가?

마르크: 아닙니다, 편집장님. 이 기사는 제게 아주 중요합니다. 저는 브라운 박사의 치료제를 믿습니다. 그리고 제가 기자라면, 나의 모든 기사의 내용과 제 모든 말의 진실을 지킬 준비가 돼 있어야만 합니다! 인쇄된 말은 그 자체가 힘입니다, 편집장님!

클라우스: 하지만 마르크. 이 힘이 도리어 자네를 향하지 않도록 조심하게!

마르크: 협박입니까, 편집장님?

**KLAUS**: Ne, nur mia malnova maksimo, kiun ĉiu ĵurnalisto devas konsideri en sia praktiko. Se, laŭ vi, la ĵurnalistoj estas advokatoj de la homaj rajtoj, gardantoj de la justeco kaj libereco de l'individuoj kaj de l' socio, ĵurnalistoj ne rajtas forgeŝi ankaŭ tion, ke ili ĉiam per unu piedo estas en la malliberejo.

**MARK**: Dankon, sinjoro Hard, pri la utilaj vortoj, sed mi pruvos, ke la inventaĵo de doktoro Braun estas efika, kaj mi ne mensogis. Nenio timigas min!

**KLAUS**: Mark, ĉu necesas tiom da energio? Post kelkaj monatoj vi ekveturos al Japanio. Tie vi komencos okupiĝi pri aliaj problemoj, kaj por vi doktoro Braun ne ekzistos plu. Oni rapide forgesos la bruon pri la kuracilo de doktoro Braun, ĉar ĉiu miraklo daŭras nur tri tagojn.

**MARK**: Ĝuste tion mi ne deziras, ke oni forgesu pri la kuracilo de doktoro Braun. Tiu ĉi kuracilo apartenas al la homoj, kaj ili devas havi ĝin.

**KLAUS**: Bone! Eble vi sukcesos akiri, ke la Sciencesplora Instituto pri Kancerologio esploros la kuracilon de doktoro Braun kaj anoncos ĉu la kuracilo estas efika aŭ ne. Sed per tiu ĉi artikolo "Semajno" ĉesas okupiĝi pri tiu ĉi problemo.

클라우스: 아니, 모든 기자가 현실에서 생각해야만 할 내 오랜 경구(警句)일 뿐이야! 자네 말대로 기자가 인권의 변호사, 정의와 개인과 사회의 자유 수호자라면, 기자는 또한 항상 한 발은 감옥에 두고 있다는 걸 잊어서는 안 돼!

마르크: 감사합니다, 편집장님. 유익한 말씀이군요.
하지만 저는 브라운 박사 발명품이 효과가 있다는 걸, 그리고 제가 거짓말하지 않다는 걸 증명할 겁니다.
저는 아무것도 두렵지 않습니다!

클라우스: 마르크, 왜 힘을 낭비하지? 몇 달 뒤 자넨 일본에 갈 거야. 거기서 다른 문제를 다루게 될 거라고. 자네에겐 브라운 박사가 더는 없을 거야.
사람들은 브라운 박사 치료제에 관한 소동을 빨리 잊어버릴 테지. 모든 놀라움은 기껏 3일 뿐이니까!

마르크: 바로 그것, 브라운 박사 치료제를 사람들이 망각하는 걸, 저는 바라지 않는다고요. 이 치료제는 사람들 것이고 사람들은 그 치료제를 가져야 해요.

클라우스: 좋아, 암 과학연구소가 브라운 박사 치료제를 조사하게 해서 그 치료제가 효과 있는지 없는지 발표하도록 하는 데 성공할 수는 있을 거야.
하지만 이번 기사로 세마이노는 이 문제 다루기를 그만 둘 거라고!

Se vi deziras kunlabori por "Semajno", preparu vin por via veturado al Japanio kaj forgesu doktoron Braun. Por nia revuo doktoro Braun ne ekzistas plu!

**MARK**: Ĝis mi pruvos, ke la kuracilo de doktoro Braun estas efika, mi ne ekveturos al Japanio. Mi preferas okupiĝi pri la problemoj de nia lando, ol pri la problemoj de Japanio!

**KLAUS**: Gardu vin de la grandaj vortoj, filo mia.

**MARK**: Ĝis la revido, sinjoro Hard.

**KLAUS**: Ĝis la, Mark.

(Mark Mason foriras. Klaus Hard restas sola en la kabineto.)

**KLAUS**: Jes, Mark, vi ne deziras ekveturi al Japanio, ĝis vi pruvos, ke vi ne verkis fantaziaĵojn, kaj ĝis vi akiros, ke la Sciencesplora Instituto pri Kancerologio esploru la kuracilon de doktoro Braun. Vi ne komprenas kial mi deziras fermi la dosieron, "Doktoro Braun". Kiel mi diru al vi, ke mi ektimis? Jes, mi ektimis, Mark, kaj unuan fojon en mia vivo, en mia ĵurnalista kariero mi faris kompromison. Mi perfidis doktoron Braun, vin, ĉiujn, kiuj kredas aŭ deziras kredi je la kuracilo de doktoro Braun.

자네가 세마이노와 함께 가길 원한다면, 일본에 갈 준비나 하고 브라운 박사는 잊어버려! 우리 잡지에 브라운 박사는 더는 없어!

마르크: 브라운 박사 치료제가 효과가 있다고 증명할 때까지, 전 일본에 가지 않겠습니다! 저는 일본 문제보다 우리나라 문제를 다루길 더 좋아합니다.

클라우스: 큰소리치지 말고 몸조심하게! 마르크!

마르크: 안녕히 계십시오, 편집장님.
클라우스: 잘 가게, 마르크.

(마르크 마손이 떠난다. 클라우스 하르드는 사무실에 혼자 남는다.)

클라우스: 그래, 마르크. 자네는 자기가 환상을 쓰지 않았다는 걸 증명할 때까지 일본에 가고 싶지 않겠지. 암과학연구소가 브라운 박사 치료제를 조사할 때까지. 하지만 자네는 내가 왜 브라운 박사 파일을 닫으려고 하는지 이해를 못 할 테지.
내가 무서워한다고 어떻게 고백하겠나?
그래, 난 무서워. 마르크!
내 기자 경력에서 평생 처음으로 타협을 했어.
나는 브라운 박사, 자네, 또 나를 믿거나 브라운 박사 치료제를 믿고 싶은 모든 사람을 속였어!

Sed, Mark, vi daŭrigos mian laboron, ĉu ne? Vi estos pli forta. Vi sukcesos! En viaj manoj la filmo pri doktoro Braun povus iĝi ne nur pruvo, sed armilo kontraŭ la asertoj de la Sciencesplora Instituto. Vi gajnos la batalon, Mark, sed vi neniam pensos, ke la venkon, vi ŝuldas al mi. Ja, mi instigis vin verki la artikolon, kaj plu batali pri la kazo de doktoro Braun. Mi ĝojas, ke vi tiel kuraĝe decidis daŭrigi la batalon! Ne malesperiĝu! Mi kredas je vi, Mark!

(Kurteno)

하지만 마르크, 한편으로 자네는 내 일을 계속하는 거야, 그렇지?

자네는 나보다 힘이 세서 성공할 거야.

자네 손에 있는 브라운 박사 관련 영상이 증거물이 되고, 또 과학연구소 주장에 대항할 무기가 될 거야. 자네는 싸울 거야, 마르크.

하지만 그 승리가 내 도움 덕분이라고는 절대 생각지 않겠지.

지금 나는 기사를 쓰라고, 브라운 박사 사건으로 더 싸우라고 부추기는 셈이지!

나는 자네가 그렇게 용감하게 싸움할 결심을 해서 기뻐! 낙담하지 마!

나는 자네를 믿어, 마르크!


(막)

# KVARA SCENO

Sur la scenejo regas obskuro. En la kvar anguloj de la scenejo estas kvar telefonoj. Sennombraj telefonaj ŝnuroj interplektiĝas je la fono de la scenejo. Ĉe la telefonoj staras profesoro Falk, Klaus Hard, Mark Mason kaj Doris Fidel. En unu sama momento la kvar rolantoj levas la telefonparolilojn.

**ROBERT**: Hola, Hard, por Via sekreta agado en Montario ne estas preskripto! Hola, Hard!

**KLAUS**: Mi kredas je vi, Mark, mi kredas je vi, Mark...

**MARK**: Doris, mi amas vin, Doris...

**DORIS**: Profesoro Falk, se ni estas sciencistoj, kaj ni estimas nin mem, ni devas esplori tiun ĉi kuracilon, sendepende kiu ĝin inventis!

**ROBERT**: (lasas la telefonparolilon kaj faras kelkajn pasojn antaŭen) Marianna, mi estas ege malsana. Mi baldaŭ pensiiĝos. Mi forlasos la Instituton, mi forlasos tiur ĉi neston de intrigoj de karierismo, de etaj sciencaj ambicioj. Mi forveturos al Golfio, al la marbordo, kaj neniam plu mi revenos en tiun ĉi fuman, aĉan urbon, en tiun ĉi neston de kancero.

# 4장

무대 위는 어둠이 지배한다. 무대, 네 구석에 전화기가 한 대씩 놓여 있다. 무수한 전화선이 무대 배경에 서로 엮여 있다. 전화기에 팔크 교수, 클라우스 하르드, 마르크 마손과 도리스 피델이 서 있다. 어느 순간에 4명의 등장인물이 동시에 전화기를 든다.

로베르트: 안녕하세요, 하르드 씨? 몬타리오에서 당신이 한 비밀 행동에는 시효가 없어요, 여보세요, 하르드 씨!

클라우스: 나는 자네를 믿어, 마르크! 나는 자네를 믿어, 마르크!

마르크: 도리스, 나는 당신을 사랑해, 도리스!

도리스: 팔크 교수님, 우리가 과학자라면, 우리 스스로 우리를 존중하려면, 누가 그걸 발명했든 상관없이 이 치료제를 조사해야만 한다고요!

로베르트: (전화기를 내려놓고 몇 걸음 앞으로 온다.) 마리아나, 나는 아주 많이 아파. 난 곧 은퇴해! 연구소를 그만둘 거야. 난 경력과 과학자의 야심에 찬 모략의 이 둥지를 떠날 거야! 바닷가 해만으로 떠날 거야! 그래서 절대 이 연기 나고 초라한 도시, 암 둥지엔 돌아오지 않을 거야!

La lastajn jarojn el mia vivo, mi pasigos ĉe la senlima blua maro, kie la aero estas kristala, kaj la vento alportas la salan freŝecon de la maro. Marianna, kial mi vivis? Kial mi laboris? Kion mi kreis? Mi atingis famon, gloron, sciencajn titolojn, sed vin mi perdis... Tutan mian vivon mi dediĉis al la scienco, al la Instituto, kaj nun ombro minacas neniigi mian tutan vivlaboron. Kiu Vi estas doktoro Braun? Ĉu vi entute ekzistas? Respondu doktoro Braun? Aŭ eble Vin elpensis la ĵurnalistoj, por ke Via mistera ombro persekutu min dum la dormo, en la sonĝoj... Via mistera ombro venenas la lastajn tagojn de mia vivo. Kiu Vi estas doktoro Braun? Ĉu Vi ekzistas doktoro Braun?

**KLAUS**: Falk, Vi opinias, ke vi venkis min, sed ne! Mi ekzistas, Falk! Mi kaj mia revuo ekzistas! Mia revuo estas mia armilo! Mi ankoraŭ ne for ĵetis la armilon, Falk. Mi nur faris kompromison. Se Vi batalas kontraŭ la kancero en la homa korpo, Falk, mi batalas kontraŭ la kancero en la socio. Por tiu ĉi batalo mi faris kompromison, Falk. Ne ekzistas batalo sen kompromisoj! Ne tiel facile mi forlasos la batalon! Ĉu Vi komprenas min, doktoro Braun? Ĉu Vi bone komprenas min, doktoro Braun?

내 인생의 마지막 세월을, 한없이 공기가 맑고, 바람이 짠 내음 섞인 신선함을 가져다주는 파란 바다 옆에서 보낼 거야.

마리아나, 난 왜 살까? 난 왜 일할까?

내가 무얼 만들었지? 난 유명과 영광과 과학자의 영예를 얻었지만, 널 잃었어!

난 내 평생을 과학에, 연구소에 바쳤는데, 지금 검은 그림자가 내 모든 삶의 작품을 없애려고 위협하고 있어!

브라운 박사, 넌 누구냐? 넌 진짜 존재하나?

브라운 박사, 대답해라! 그렇지않으면 기자들이 네 신비로운 그림자가 꿈속에서 날 괴롭히도록 너를 만들어 낸 거냐?

너의 신비로운 그림자가 내 인생의 마지막 날에 독약을 주는구나. 브라운 박사, 넌 누구냐고?

브라운 박사, 너는 정말 존재하나?


클라우스: 팔크 교수, 당신은 나를 이겼다고 생각하지만, 아니야, 나는 건재해! 팔크 교수, 나와 내 잡지는 건재해! 내 잡지는 나의 무기야! 나는 아직 내 무기를 버리지 않았다고! 팔크 교수, 난 타협했을 뿐이야! 당신이 사람 몸을 파고드는 암과 싸운다면, 팔크 교수, 난 사회를 좀먹는 암과 싸워! 이 싸움을 위해 난 타협했지. 팔크, 하지만 타협 없는 싸움은 없어! 난 그리 쉽게 싸움을 그만두진 않을 거야!

브라운 박사, 나를 이해하나요?

브라운 박사, 나를 잘 이해하나요?

Aŭ eble Vi ne ekzistas, doktoro Braun? Ĉu Vi ekzistas doktoro Braun?

DORIS: Mark, kiam mi estis studentino, mi decidis okupiĝi pri la problemoj de la kancerologio. Mi deziris labori en la Sciencesplora Instituto pri Kancerologio, mi revis iĝi konata sciencistino, kaj mia revo realiĝis. Mi eĉ ne deziras kredi, ke mia revo tiel rapide fariĝis vero. Miaj gekolegoj de la universitato tute malaperis. Ili devis longe serĉi laboron, ili devis ŝanĝi postenon post posteno, ili ne sukcesis realigi siajn revojn, sed mi sukcesis. Mi estas scienca kunlaboranto, membro de la scienca konsilio de la Instituto. Mi esploras la kialojn de la kancero, sed nun la kancero minacas fiaskigi mian sciencistan karieron. Mi estis favorato de profesoro Falk. Dank' al li, mi eklaboris en la Instituto, sed nun profesoro Falk eĉ ne salutas min. Mi timas, Mark! Kio okazos al mi, Mark? Mi estas virino. Se mi forlasus la Instituton, ĉu mi povos trovi alian konvenan laboron? Ĉu mi povus vivi sen la Instituto? Mi deziras, mi ege deziras okupiĝi pri la problemoj de la kancero, pri tiu ĉi insida malsano, kiu nesenteble eknestas en la homo korpo, kiu lante kaj silente disvastiĝas kaj mortigas plej fortajn niajn ĉelojn. Ni ĉiuj estas malsanaj je kancero!

어쩌면 당신은 존재하지 않을지도 몰라. 브라운 박사, 브라운 박사, 당신은 존재하나?

도리스: 마르크, 내가 대학생일 때 암 문제를 해결하겠다고 결심했어. 난 암 과학연구소에서 일하고 싶었어. 유명한 과학자가 되길 꿈꿨지. 그리고 내 꿈은 이루어졌지. 내 꿈이 그렇게 빨리 현실로 이루어졌나 상상도 못 할 정도였어.

대학교 내 동기들은 이 분야에서 전부 사라졌어. 그들은 오래도록 일을 찾아야만 했고, 직책을 바꿔야만 했기에, 자기 꿈 실현을 못 했지만, 나는 성공했지.

난 과학 협력자이고 연구소 과학위원회 회원이야. 나는 암 원인을 조사하지만 지금 암은 내 과학 경력을 망가뜨리려고 위협해.

난 팔크 교수의 신임을 받고 있었어. 그분 덕에 난 연구소에서 일하지만, 지금 팔크 교수는 내게 인사조차 하지 않아. 난 무서워. 마르크,

내게 무슨 일이 생길까? 마르크, 난 여자야.

내가 연구소를 떠난다면 적당한 다른 일을 찾을 수 있을까?

연구소 없이 내가 살 수 있을까?

난 암 문제, 이 육신 내부의 질병을 담당하길 간절히 원하고 원해.

암은 우리도 모르게 사람 몸에 둥지를 틀어.

천천히, 조용히 퍼지고, 건강한 우리 세포를 죽여. 우리 모두 암 환자야.

En ĉiuj ni nestas[7] la kancero! Ni timas diri la veron! Ni timas batali kontraŭ la kancero en nia animo! Doktoro Braun ĉu vi povas kuraci nin? Doktoro Braun, ni estas multaj, milionoj, kaj Vi estas sola. Ĉu Vi povas kuraci nin, doktoro Braun? Vi ekzistas, doktoro Braun! Vi ekzistas doktoro Braun, ĉu ne?

**MARK:** Doris, pardonu min, Doris. Mia artikolo pri doktoro Braun kaj lia kuracilo kaŭzis ankaŭ al vi amason da problemoj. En la Instituto oni jam malice rigardas al vi. Profesoro Falk evitas konversacii kun vi. Doris, mi eĉ ne supozis, ke tiu ĉi problemo kaŭzos tiom da ĉagrenoj ankaŭ al vi. Doris, pardonu min, kara Doris.

Sinjoro Hard, ĉu mi devis kontraŭstari al Vi? Vi estas longjare, ĵurnalisto, Vi mem partoprenis en sennombraj diskutoj. Verŝajne nun Vi opinias pri mi, ke mi estas ventkapa junulo, kiu ne kapablas sobre pripensi la situacion. Eble neniam plu Vi komisios al mi pli gravajn kaj pli respondecajn taskojn. Eble Vi jam pentas, ke Vi proponis al mi la postenon de korespondanto en Japanio. Kiel komplika estas ĉio! Ĉu Vi ekzistas doktoro Braun? Ĉu Vi ekzistas?

---

7) nest-o (새의)둥우리, 보금자리; 소굴(巢窟); 피난처. nesti <自>보금자리를 짓다. nestiĝi, eknesti 보금자리를 짓고 살다. 잠복(潜伏)하다.

누구에게나 암은 깃들어 있어. 우리는 진실을 말하기를 무서워해. 우리 영혼의 암에 대항해 싸우길 무서워해. 브라운 박사, 당신은 우리를 고칠 수 있나요? 브라운 박사, 우리는 많고 많지만, 당신은 혼자예요.

브라운 박사, 우리를 치료할 수 있나요? 당신은 존재해요! 브라운 박사, 당신은 존재하죠, 그렇죠?

마르크: 도리스, 미안해! 도리스. 브라운 박사와 그 치료제를 다룬 내 기사가 당신에게 많은 문제 덩어리를 안겨주었어. 연구소에서는 벌써 당신을 악의적으로 대하지. 팔크 교수는 당신과 대화하길 피해.

도리스, 난 이 문제가 당신에게도 그렇게 많은 걱정을 가져다줄 거라곤 짐작조차 못 했어.

도리스, 미안해, 사랑하는 도리스!

편집장님, 제가 당신 반대편에 서야 하나요?

당신은 오래도록 기자로 일했죠.

당신 스스로 수많은 토론에 참여했죠.

지금 당신은 나를 상황을 절제해서 생각지 못하는 경솔한 젊은이로 여기죠?

아마 당신은 절대 내게 더 중요하고, 더 책임감 있는 일을 맡기지 않을 거예요.

아마 당신은 내게 일본 특파원 자리를 제안한 걸 후회하겠죠?

모든 게 얼마나 복잡한가.

브라운 박사, 당신은 존재하나? 당신은 존재하나?

(Ĉiuj roluloj reprenas la telefonparolilojn kaj komencas voki unu la alian.)

**ROBERT**: Hola, hola, Hard, ĉu vi aŭdas min, Hard, doktoro Braun ne ekzistas!

**KLAUS**: Hola, hola, Mark, ĉu vi aŭdas min, Mark, doktoro Braun ne ekzistas!

**MARK**: Hola, hola, Doris, ĉu vi aŭdas min, Doris? Pardonu min, Doris. Mi amas vin, Doris, mi amas vin, Doris.

**DORIS**: Hola, hola, profesoro Falk, ĉu vi aŭdas min, profesora moŝto, doktoro Braun ekzistas! Jes, doktoro Braun ekzistas! En ĉiuj ni ekzistas unu doktoro-Braun, kiu gardas[8] nin de la kancero en la animo!

(Subite la scenejo dronas en mallumon. Kiam post kelkaj sekundoj la taga lumo denove lumigas la scenejon, tie videblas la ĉambro de Mark Mason kun la konataj mebloj en ĝi; skribotablo, libroŝranko, kafotablo, du foteloj, telefono, Mark sidas ĉe la skribotablo kaj skribas ion. Aŭdiĝas sonoro. Mark ekstaras kaj iras malfermi la pordon. La ĉambron eniras Doris.)

---

8) gard-i <他>망보다, 경계하다, 감시하다, 지키다, 수호하다, 보호하다, 방어하다. (비밀을) 보지(保持)하다 gardostari, gardestari 보초서다.

(모든 등장인물이 전화기를 들고 서로 부른다.)

로베르트: 여보세요. 여보세요. 하르드 씨! 내 말 듣나요? 하르드 씨, 브라운 박사는 존재하지 않아요.

클라우스: 여보세요, 여보세요, 마르크! 내 말 듣나? 마르크, 브라운 박사는 있지 않다고!

마르크: 여보세요, 여보세요, 도리스! 내 말 들어? 도리스, 미안해, 도리스, 나는 당신을 사랑해! 도리스, 나는 당신을 사랑해, 도리스!

도리스: 여보세요, 여보세요, 팔크 교수님! 제 말 들리시나요? 교수님, 브라운 박사는 존재해요.
예, 브라운 박사는 있어요.
영혼의 암으로부터 우리를 지키는 브라운 박사는 모든 우리 안에 있다고요!

(갑자기 무대가 어둠에 잠긴다.
몇 초 뒤, 한낮의 조명이 다시 무대를 비출 때 거기에 마르크 마손의 방이 보인다.
책상, 책장, 커피용 탁자, 안락의자 두 개, 전화기가 있는 방에서 마르크는 책상에 앉아 무언가를 쓴다. 노크 소리가 들린다. 마르크는 일어나서 문을 열려고 나간다. 방으로 도리스가 들어온다.)

DORIS: Saluton, sinjoro ĵurnalisto, kiel vi fartas en tiu ĉi belega dimanĉa mateno?

MARK: Dankon, bone.

DORIS: Kiel vi planis[9] pasigi vian ripoztagon?

MARK: Mi havas mil ideojn. Mi eĉ surpaperigis ilin, por ke hazarde mi ne forgesu iun el ili.

DORIS: Ĉu nur mil?

MARK: Ne, kiam vi eksonorigis, mi skribis la mil unuan mian ideon.

DORIS: La unuan vian ideon mi jam bone scias. Ĉiun dimanĉon ĝi estas la sama. Dum mi preparas la tagmanĝon, vi finverkos vian artikolon, kiun vi promesis transdoni lunde en la redaktejo. Poste ni tagmanĝos, kaj poste tuj ni saltos en la liton, por ke ni povu pli oportune observi la dimanĉan posttagmezan programon de la televido.

MARK: Bonege. Vi senerare divenis mian unuan ideon, tamen nun bonvolu aŭdi mian mil unuan ideon.

(Mark proksimiĝas al Doris , ĉirkaŭbrakas ŝin, kaj longe kisas ŝin. Post kelkaj sekundoj Doris karese repuŝas Markon.)

---

9) plan-o 안(案), 계획(計劃), 설계, 궁리; 평면도(平面圖), 설계도, 도면;
plani <他> 설계하다, 계획하다, 궁리하다.

도리스: 안녕, 기자 양반. 이 멋진 일요일 아침에 어떻게 지내?

마르크: 고마워, 잘 지내.

도리스: 휴가를 어떻게 보낼지 계획했어?

마르크: 천 가지 생각이 있어. 혹시라도 그것 중 어느 한 가지도 잊지 않으려고 종이에 써 두기까지 했어.

도리스: 고작 천 개?

마르크: 아니, 당신이 소리를 낼 때 천 한 번째 생각을 적었어.

도리스: 당신의 첫 번째 생각을 잘 알아. 일요일마다 그것은 같아. 내가 점심을 준비하는 동안 월요일에 편집부에 제출하기로 약속한 기사를 작성하겠지.
그다음에 우리는 점심을 먹고, TV 일요일 오후 프로그램을 편안하게 즐기려고 곧바로 침대로 뛰어갈 거야.
마르크: 아주 좋아. 실수 없이 내 첫 생각을 맞췄어. 지금 내 천 한 번째 생각을 들어봐.

(마르크는 도리스에게 가까이 가서 그녀를 껴안고 오래도록 입맞춤한다. 잠시 후, 도리스는 어루만지듯 마르크를 밀어낸다.)

DORIS: Mark, vi estas ĵurnalisto, tamen vi ne tre precize esprimis vin. Vi diris: „bonvolu aŭdi mian mil unuan ideon", tamen mi ne aŭdis, mi nur eksentis ĝin.

MARK: Ne tre gravas ĉu vi aŭdis aŭ eksentis ĝin. Pli gravas ĉu al vi ĝi ekplaĉis aŭ ne?

DORIS: Jes, ĝi estis dolĉa, sed...

MARK: Sed?

DORIS: Tre mallonga.

MARK: Tio ne estas problemo, mi povas tuj plilongigi ĝin.

(Mark denove proksimiĝas al Doris, sed ŝi haltigas lin.)

DORIS: Ĉu ne estus pli bone se ni promenos ien, kaj poste, kiam ni revenos, ni realigos vian mil unuan ideon?

MARK: Doris, mi ne havas emon por promeni. Hodiaŭ mi deziras esti nur kun vi. Kelkajn horojn mi deziras esti nur kun vi.

DORIS: Mark, ankaŭ mi deziras esti kun vi, sed ie, ekster la urbo, fore de la bruo kaj fumo. Semajnojn mi pasigas inter la betonaj muroj de tiu ĉi urbego. Mia ĉiutaga vivo estas de la loĝejo ĝis la Instituto, kaj de la Instituto ĝis la loĝejo.

도리스: 마르크, 당신은 기자지만 당신 자신을 정확히 표현하진 못해. 당신이 '내 천 한번째 생각을 들어 줘'라고 말했지만, 나는 듣지 않고 그걸 느꼈어.
마르크: 듣건 느끼건 중요치 않아, 그것이 당신 마음에 드는지 아닌지가 중요해.

도리스: 그래, 그건 달콤하지만.
마르크: 하지만?

도리스: 너무 짧아!
마르크: 그건 문제가 아니야, 난 곧 그걸 더 길게 할 수 있어.

(마르크는 다시 도리스에게 가까이 가지만 그녀가 그를 멈추게 한다.)

도리스: 우리가 어딘가를 산책하고 돌아와서 당신의 천 한 번째 생각을 실현한다면 더 좋지 않을까?
마르크: 도리스, 난 산책할 마음이 없어, 오늘은 오로지 당신과 함께 있고 싶어. 몇 시간 동안 오로지 당신과 함께 있고 싶어!

도리스: 마르크, 나도 당신과 함께 있고 싶어. 하지만 도시 외곽 소음과 연기에서 멀리 떠나 일주일간 이 큰 도시의 콘크리트 벽 사이에서 지냈어.
내 일상 삶은 집에서 연구소, 다시 연구소에서 집이야!

Ĉiutage mi vidas la samajn vizaĝojn, la samajn okulojn, en kiuj brilas antipatio, voluptemo aŭ malico. Vi ne scias, Mark kiel serena mi estas, kiam mi estas kun vi. Vi ne scias, Mark, kiel mi ĝojas, ke iam mi trovis vin. Nun mi eĉ ne povas imagi, kia estos mia vivo, se mi ne renkontintus vin. Ĉu vi memoras la kafejon, en kiu ni unuan fojon renkontiĝis?

MARK: Jes, kafejo „Metropolo".

DORIS: Estis malvarma novembra tago, kaj mi hazarde eniris la kafejon por trinki kafon. Mi estis laca, frostis. Mi tute ne havis emon por ŝercoj, sed vi proksimiĝis al mia tablo, pardonpetis, kaj serioze vi klarigis, ke vi estas fotoraportisto, kiu havas taskon foti belan junulinon por la titolpaĝo de la revuo de l' virinoj.

MARK: Verŝajne mi ĉiam ŝatis absurdaĵojn. Mi fotis fraŭlinon por la revuo de l'virinoj.

DORIS: Eĉ nun mi ne komprenas kiel mi konsentis.

MARK: Gravas, ke vi diris "jes".

DORIS: Mi nevole diris "jes".

MARK: Kaj nun, mi deziras diri ion al vi, Doris...

DORIS: Ĉu denove vi deziras foti min?

MARK: Ne, mi jam havas vian foton.

매일 똑같은 얼굴, 그 안에 반감, 쾌락, 악의가 빛나는 똑같은 눈만 보고 있지. 마르크, 내가 당신과 함께 있을 때 얼마나 편안한지 당신은 몰라, 마르크.

언젠가 내가 당신을 발견할 때 얼마나 기쁜지 당신은 몰라. 내가 당신을 만나지 않았다면 내 삶이 어떨지 상상조차 할 수 없어! 우리가 처음 만난 카페를 기억해?

마르크: 응, 카페 **메트로폴로.**

도리스: 추운 11월 어느 날이었지. 우연히 커피를 마시러 카페에 들어갔어. 나는 피곤하고 추위에 떨었지. 전혀 농담할 기분이 아니지만, 당신이 내 탁자로 가까이 다가와서 여성 잡지 표지에 예쁜 아가씨 사진 찍는 일을 하는 사진 기자라고 솔직하게 말하면서 내게 부탁했잖아.

마르크: 정말 난 항상 어리석은 짓을 좋아해. 당시 난 여성 잡지에서 아가씨를 찍었지.

도리스: 지금 생각해 봐도 내가 어떻게 사진 찍는 걸 동의했는지 이해가 안 돼.

마르크: 당신이 '예'라고 말한 게 중요하지.

도리스: 난 나도 모르게 '예'라고 말했어.

마르크: 그리고 지금, 도리스, 당신에게 뭔가 말하고 싶어.

도리스: 다시 나를 사진 찍고 싶어?

마르크: 아니, 난 벌써 당신 사진을 가지고 있어.

Nun mi deziras havi vin, Doris.

DORIS: Mi ne sciis, ke mi povas esti ankaŭ havaĵo.

MARK: Nur vian manon mi deziras peti, Doris.

DORIS: Sed, Mark, vi denove esprimis vin malprecize. Ĉu ĵurnalisto povas paroli tiel malprecize! Ĉu vi petas mian brakon, aŭ mian manon?

MARK: Nur vian manon.

DORIS: Ĉu la dekstran aŭ maldekstran?

MARK: Doris, mi parolas serioze.

DORIS: Ankaŭ mi parolas serioze, Mark, sed mi ne komprenas kion vi faros nur per unu mia mano?

MARK: Kiam mi jam havas vian manon, mi petos de vi ankaŭ infanojn.

DORIS: Kaj kiom da infanoj vi petos de mi?

MARK: Dek.

DORIS: Dek! Tiam al vi, mi neniam donos mian manon.

MARK: Kial?

DORIS: Ĉu vi pensas, ke nur per unu mano, mi povus zorgi pri dek infanoj? Tamen ni iru jam ien, kaj ni festu vian kuraĝon, ĉar vi trovis kuraĝon ne nur peti mian foton, sed ankaŭ mian manon.

지금은 도리스 당신을 갖고 싶어.

도리스: 난 내가 물건이 될 수 있는 줄 몰랐는데.
마르크: 오직 당신의 손만 원해, 도리스.
도리스: 하지만 마르크, 당신은 또 부정확하게 표현했어! 기자가 그렇게 불합리하게 말하면 되겠어? 내 가슴? 아니면 내 손? 어느 걸 원해?
마르크: 오직 당신 손만!

도리스: 오른손? 아니면 왼손?
마르크: 도리스, 나는 진지하게 말하고 있어!
도리스: 나도 진지하게 말해, 마르크! 하지만 내 손 하나로 당신이 뭘 할지 이해가 안 돼.
마르크: 내가 당신 손을 가질 때 나는 당신에게 아이도 원하지.

도리스: 그럼 내게 몇 명의 아이를 원해?
마르크: 열 명!
도리스: 열 명? 그럼 난 당신에게 절대 내 손을 줄 수 없어!
마르크: 왜?

도리스: 손 하나로 열 자녀를 돌볼 수 있다고 생각해? 하지만 우린 어딘가로 가서 당신의 용기를 축하하기로 해. 내 사진뿐만 아니라 내 손을 요청할 용기가 있으니까!

**MARK**: Ne mian kuraĝon ni festu, sed mian novan posedaĵon vian manon!

**DORIS**: Bone, sed ne nur tion, ĉar mi havas surprizon por vi.

**MARK**: Nekredeble! Ĉu ankaŭ vi petos mian manon?

**DORIS**: Ha, diable, mi jam delonge havas vian manon.

**MARK**: Strange. Mi ne sciis! Ĉu tio estis la surprizo?

**DORIS**: Diru, ĉu vi amas min, kaj tuj vi ekscios la surprizon.

**MARK**: Sed ĵus, kiu petis vian manon? Ĉu mi aŭ iu alia?

**DORIS**: Tamen vi ne diris ĉu vi amas min.

**MARK**: Ĉu mi ripetu mian mil unuan ideon?

(Mark ekiras al Doris.)

**DORIS**: Ne, ne. Mi deziras ankaŭ aŭdi, kaj ne nur eksenti tion. Nur diru: "mi amas vin, Doris", kaj tuj vi ekscios la surprizon.

**MARK**: Bone. Mi povas ne nur agi. Mi amegas vin, Doris.

**DORIS**: Pli laŭte!

**MARK**: Mi amegas vin, Doris.

마르크: 내 용기가 아니라, 내 새로운 소유물인 당신의 손을 축하하자!
도리스: 좋아, 하지만 단지 그것만은 아냐! 당신을 위해 놀라운 것을 가지고 있으니까.
마르크: 믿을 수 없네. 당신도 내 손을 원해?

도리스: 하하! 난 벌써 오래전에 당신 손을 가지고 있어!
마르크: 이상하네! 난 몰랐네. 그게 놀라운 건가?
도리스: 나를 사랑하는지 말해 봐! 그러면 곧 놀라운 걸 알게 될 거야!
마르크: 하지만 방금 당신의 손을 누가 요청했지? 나인가 아니면 다른 누구인가?

도리스: 하지만 당신은 나를 사랑한다고 말하진 않았어.
마르크: 내가 내 천 한 번째 생각을 반복할까?

(마르크는 도리스에게 간다.)

도리스: 아니, 아냐. 나는 그걸 느낄 뿐만 아니라 듣고 싶어! '난 당신을 사랑해, 도리스!'라고 말해 줘. 그러면 곧 당신은 놀라운 걸 알게 될 거야.
마르크: 좋아, 난 행동만이 아니라 마음속 깊이 당신을 아주 많이 사랑해, 도리스!

도리스: 더 크게!
마르크: 난 당신을 아주 많이 사랑해, 도리스!

**DORIS**: Nun estis pli bone, aŭskultu. Mi parolis kun kelkaj junaj kunlaborantoj el nia Instituto, kaj ni decidis, ke ni memstare komencos okupiĝi pri la esploro de la kuracilo de doktoro Braun. Ni eĉ provos trovi pli grandan hospitalon, kie poste ni povos eksperimenti ĝin.

**MARK**: Doris, hodiaŭ ni ne parolu pri tio.

**DORIS**: Sed kial, Mark? Ĝuste tio estis mia surprizo, ĝuste tial mi alvenis. Mi pensis, ke tiu mia novaĵo ĝojigos vin.

**MARK**: En tiu ĉi bela somera tago, ni ne pensu pri kancero, pri kuraciloj. Mi amas vin, Doris. Mi deziras esti kun vi, mi deziras pensi pri vi, kaj pri nia estonta vivo.

**DORIS**: Mark, ankaŭ mi amas vin. Nun mi jam scias, ke neniun alian mi povas ami, krom vi, Mark. Tial mi deziras helpi al vi. Se mi ne helpus al vi, Mark, do kiu? Ja, mi estas via plej proksima homo, ĉu ne?

**MARK**: Jes, Doris, sed nenion vi povas helpi.

**DORIS**: Ne, Mark, aŭskultu min! Mi parolis kun miaj gekolegoj. Ili deziras spekti la filmon, kiun vi faris en la hospitalo de doktoro Braun. Poste ni persone renkontiĝos kun li, kaj ni proponos al li nian kunlaboron.

**MARK**: Ne, Doris, ni lasu tion!

도리스: 정말 좋아, 들어봐! 나는 우리 연구소의 젊은 협력자와 이야기했어. 그리고 우리 스스로 브라운 박사 치료제 조사를 시작하자고 다짐했지.
그리고 나중에 그걸 실험할 더 큰 병원을 찾으려고까지 했어.
마르크: 도리스, 오늘은 그것에 관해 더 말하지 말자.

도리스: 왜? 마르크, 그것이 당신을 깜짝 놀라게 해줄 내 선물인데! 바로 그래서 내가 왔는데! 나의 이 소식이 당신을 기쁘게 할 거로 생각했어.
마르크: 이 멋진 여름날에 암이나 치료제 따윈 생각지 말자. 난 도리스 당신을 사랑해.
당신과 같이 있고 싶어.
당신과 함께 우리 미래를 얘기하고 싶어.

도리스: 마르크, 나도 당신을 사랑해. 난 당신 외엔 다른 어떤 사람도 사랑할 수 없어, 마르크! 그래서 당신을 돕고 싶어. 내가 아니면 누가 당신에게 도움을 줄까? 정말로 난 당신의 가장 가까운 사람이야, 그렇지?
마르크: 맞아, 도리스! 하지만 당신은 아무것도 도울 수 없어.
도리스: 아냐, 마르크, 내 말을 들어봐. 난 우리 동료들과 이야기했어. 그들은 브라운 박사 병원에서 만든 영상을 보고 싶어 해. 나중에 브라운 박사와 개인적으로 만나서 우리가 협력할 거라고 제안할게.
마르크: 아냐, 도리스, 그만두자!

**DORIS:** Sed kial, Mark? Tiu ĉi artikolo estas tre grava por vi. Temas ankaŭ pri via honoro, Mark. Mi kredas, ke mi povas helpi al vi!

**MARK:** Ne, Doris, ne necesas.

**DORIS:** Mark, ŝajnas al mi, ke post via artikolo pri doktoro Braun, mi pli forte ekamis vin. Antaŭe ni nur konis unu la alian. Ni bone fartis kune, sed nun ni havas komunan celon. Nun ni kune strebas atingi ion, kaj kiel diris Antoine de Saint-Exupéry, nun jam, ni ne nur rigardas unu la alian, sed ni kune rigardas al unu celo. Ĉu tio ne estas bonega, Mark? Kiam mi estas kun vi, mi sentas min kuraĝa.

**MARK:** Kiel kara vi estas, Doris, sed ni ne pensu pri doktoro Braun kaj lia inventaĵo.

**DORIS:** Mark, mi pensas pri vi, kaj mi serioze diras al vi, ke ni komencos esplori la medikamenton de doktoro Braun. Unue ni detale pristudos la priskribojn kaj la dokumentadon de la kuracilo. Tuj post la unuaj sukcesaj esploroj, ni aperigos artikolojn en la eksterlandaj revuoj. Ni eĉ provos organizi internacian konferencon pri la kuracilo de doktoro Braun. Mi esperas, ke ni havos sukceson, Mark.

**MARK:** Ne, Doris, ni ne komencu denove. Ni ĉion provis, kaj vi vidis, ke vane.

도리스: 왜? 마르크, 이 기사는 당신에게 아주 중요해, 당신 명예와 관련 있어. 마르크, 내가 당신을 도울 수 있을 거라고 난 믿어.

마르크: 아냐, 도리스, 필요 없어!

도리스: 마르크, 브라운 박사에 관한 당신 기사가 나간 후로 난 더 뜨겁게 당신을 사랑하게 된 거 같아! 전에 우린 서로 알기만 했잖아. 우린 같이 잘 지냈지만, 지금 우린 같은 목적이 있어. 지금 우리는 같이 무언가를 이루도록 노력해. 그리고 안토니오 생텍쥐페리가 말한 것처럼 지금 우리는 서로 바라볼 뿐 아니라 함께 한 목적을 보고 있어! 그건 진짜 멋진 일이야, 마르크! 내가 당신과 같이 있을 때면 내게서 용기가 솟아나!

마르크: 당신은 너무나 사랑스러워, 도리스! 그러나 우린 브라운 박사와 그의 발명품 생각일랑 잊자.

도리스: 마르크, 난 당신을 생각해서 우리가 브라운 박사의 의약품을 조사하기 시작할 거라고 진지하게 말하고 있어. 처음에 우리는 치료제의 처방과 서류를 자세히 조사할 거야. 첫 조사에 성공하면 우린 곧 외국잡지에 기사를 낼 거야. 우린 브라운 박사 치료제에 관한 국제 간담회를 조직할 거야. 난 우리가 성공하길 바라. 마르크.

마르크: 아냐, 도리스. 난 다시 시작하지 않아!
우린 모든 걸 시도했지만 모든 게 실패했어.

**DORIS**: Sed, Mark, ĝis nun ni estis solaj – vi kaj mi. Ekde nun ni estos pli. Ni jam povus ŝanĝi la socian opinion pri doktoro Braun. Ne gravas, ke "Semajno" aperigis la reagartikolon de nia Instituto, ne gravas, ke la homoj jam preskaŭ seniluziiĝis. Ankoraŭ ne estas malfrue. Ni povas komenci denove. Ni pruvos, ke ne la Sciencesplora Instituto, sed doktoro Braun kaj ni pravas. Ni devas daŭrigi, Mark! Vi dediĉis tiom da energio al tiu ĉi afero. Ankoraŭ ne ĉio estas perdita, Mark.

**MARK**: Doris, kial necesas denove paroli pri tio. La kuracilo de doktoro Braun kaj mia artikolo pri ĝi, kaŭzis ankaŭ al vi multajn problemojn. Profesoro Falk evitas paroli kun vi, aliaj viaj kolegoj malbone rigardas al vi. En la Instituto vi estis unu el plej junaj kaj esperpromesaj sciencistoj. Baldaŭ vi povintus akiri pli altan postenon, sed de nun profesoro Falk ne subtenos vin plu.

**DORIS**: Tio ne plu interesas min, Mark. Mi decidis helpi al vi kaj al doktoro Braun, kaj mia kariero en la Instituto ne interesas min plu!

**MARK**: Jes, Doris, ankaŭ mi pensas, ke tio ne plu devas interesi vin, kaj ankaŭ mi deziras iel helpi al vi. Ni devas baldaŭ kaj kune forveturi al Japanio.

도리스: 하지만 마르크, 지금까진 당신과 나 둘뿐이었어. 지금부터 우리 편은 더욱 많아져. 우린 브라운 박사에 관한 여론을 바꿀 수 있어. 세마이노가 우리 연구소의 반박 기사를 내는 건 그리 중요치 않아. 사람들이 벌써 환상에서 벗어난 것도 중요치 않아. 아직 늦지 않았어! 우린 다시 시작할 수 있어! 우리는 과학연구소가 아니라 브라운 박사와 우리가 옳다고 증명할 거야. 우린 계속해야 해, 마르크! 당신은 이 문제에 상당히 많이 힘을 쏟았어. 하지만 아직 모든 걸 잃어버린 건 아냐. 마르크!

마르크: 도리스, 그것에 관해 왜 다시 말할 필요가 있어? 브라운 박사 치료제와 그에 관한 내 기사는 당신에게도 많은 문제를 일으켰어! 팔크 교수는 당신과 대화하길 피하고, 당신 동료는 당신을 좋지 않은 시선으로 쳐다봐. 연구소에서 당신은 가장 젊고 장래가 촉망받는 과학자였어. 머잖아 당신은 더 높은 직책을 얻을 수 있었는데 이제 팔크 교수는 당신을 후원하지 않아.

도리스: 이젠 그런 것엔 관심 없어, 마르크! 나는 당신을, 브라운 박사를 돕기로 마음먹었어! 그리고 내 연구소 경력 따윈 이제 흥미 없어. 아무 관심 없다고.

마르크: 그래, 도리스! 나도 그런 게 당신에게 더 흥밋거리가 아니라고 생각해. 그리고 나도 어떻게든 당신을 돕고 싶어. 우리는 곧 함께 일본으로 떠나야만 해.

**DORIS**: Ĉu al Japanio?

**MARK**: Jes, Doris, al Japanio. Vi venos kun mi en Japanion. Ni kune estos tie. En Japanio vi havos la eblon detale ekkoni la japanajn sciencesplorojn pri la kancerologio. Vi perfektigos viajn konojn, kaj kiam vi revenos ĉi tien, vi eklaboros en iu alia instituto, aŭ hospitalo. Tiam vi havos pli grandan aŭtoritaton, kaj oni vere estimos vin, kiel kompetentan eksperton pri kancerologio.

**DORIS**: Sed, Mark, mi ne komprenas vin. Vi multfoje ripetis, ke ĝis vi pruvos, ke la kuracilo de doktoro Braun havas efikon, vi ne forveturos al Japanio.

**MARK**: Jes, Doris, mi multfoje ripetis, sed mi vidis, ke vane mi klopodis pruvi, ke la kuracilo de doktoro Braun havas efikon. Vane mi renkontiĝis kaj disputis kun fakuloj pri kancerologio, kun farmakologoj, kemiistoj kaj ĵurnalistoj. Vane mi ĵuris, ke mi verkis sinceran, objektivan artikolon pri doktoro Braun. Mi jam sentas, ke oni rigardas al mi, kiel al frenezulo. Oni jam ridas al mi, kaj primokas min!

**DORIS**: Sed, Mark, ĝis nun vi estis sola. Nun ni jam estas kelkaj, kaj ni povas komenci ĉion denove. Ankoraŭ ne estas malfrue.

도리스: 일본으로?

마르크: 그래, 도리스. 당신은 나랑 일본으로 가야 해. 난 거기서 당신과 같이 있을 거야. 일본에서 당신은 암에 관한 일본 과학연구를 더 자세히 살펴볼 수 있어. 당신은 당신의 지식을 더 완벽하게 쌓고 귀국할 때는 어느 다른 연구소나 병원에서 일하게 될 거야. 그때 당신은 더 큰 권위를 가질 거고 사람들은 당신을 암에 관한 유능한 전문가로 존경하게 될 거야!

도리스: 하지만 마르크, 난 당신을 이해하지 못하겠어! 당신은 브라운 박사 치료제가 효과가 있다는 걸 증명할 때까진 일본에 가지 않겠다고 여러 번 결심했잖아!

마르크: 그래, 도리스! 나는 여러 번 되풀이했지만, 브라운 박사 치료제가 효과 있다고 증명하는 노력이 헛된 것인 걸 보았어. 나는 암 전문가, 약사, 화학자 그리고 기자를 만나 토론했지만 모든 게 헛수고였어! 난 내가 브라운 박사에 관해 진지하고 객관적인 기사를 썼다고 자부했는데 헛수고였어! 사람들은 나를 미친 사람으로 보고 있어. 사람들은 나를 비웃고 조롱하지!

도리스: 마르크, 지금껏 당신은 혼자였어. 하지만 지금 우린 여럿이고 모든 걸 다시 시작할 수 있어! 아직 늦지 않았다고!

**MARK**: Ne, kara Doris. Nenion ni povas komenci denove. Ni lasu tion! Anstataŭ okupiĝi[10] pri tiu ĉi problemo, pli bone estos okupiĝi pri niaj problemoj. Nun ni havas la eblon forveturi al Japanio, kaj ni devas uzi tiun ĉi oportunaĵon.

**DORIS**: Mark, ĉu por vi Japanio estas pli grava?

**MARK**: Jes, Doris. Nun por mi Japanio estas pli grava! Mi estas ĵurnalisto, mi estas ankoraŭ juna, kaj mi ankoraŭ havas la eblon realigi min kiel ĵurnaliston.

**DORIS**: Sed, laŭ mi, vi povus pli bone realigi vin kiel ĵurnalisto, se vi sukcesos pruvi, ke la kuracilo de doktoro Braun havas efikon, kaj ke vi verkis ne mensogojn pri tiu ĉi kuracilo, sed vi skribis la veron,

**MARK**: Jes, dum mi okupiĝas pri la kuracilo de doktoro Braun, kaj dum mi pruvas, ke la kuracilo havas efikon, iu alia, anstataŭ mi, forveturos al Japanio. Poste iu alia, anstataŭ mi, fariĝos korespondanto en Brazilio aŭ Delhio, aŭ iu alia iĝos redaktoro. Mi restos nur nekonata ĵurnalistaĉo, kies seninteresajn artikolojn oni pli kaj pli malofte aperigos.

---

10) okup-i <他> 점령(占領)하다, 차지하다; 짬없게 하다, 바쁘다; 막다. okupo 직무(職務), 일, 공작(工作), 직업. okupado 점령(占領)(계속적인). okupiĝo, okupateco 바쁨, 분주함, 다망(多忙), okupiĝi, sinokupi 바쁘다, 종사(從事)하다. ekokupi 점령하기 시작하다.

마르크: 아냐, 사랑스러운 도리스!

우린 아무것도 다시 시작할 수 없어! 그만두자!

이 문제에 매이는 대신, 우리 둘의 문제에 매이는 게 더 좋아. 지금 우린 일본에 갈 수 있으니 이 기회를 잡아야 해!

도리스: 마르크. 당신에게 일본이 정말 중요해?

마르크: 그래, 도리스. 지금 내겐 일본이 정말 중요해.

난 기자고 아직 젊어.

난 아직 유능한 기자가 될 가능성이 커.

도리스: 하지만 내 생각에 브라운 박사의 치료제가 효과가 있고 당신이 이 치료제에 관해 거짓말을 쓴 것이 아니라 진실을 썼다는 걸 만약 당신이 증명하는 데 성공한다면 당신은 정말 대기자가 될 텐데.

마르크: 그래, 내가 브라운 박사 치료제에 매여 치료제가 효과가 있다고 증명하는 동안, 나 대신 다른 누군가가 일본에 가겠지.

나중에 나 대신 다른 누군가가 상파울루나 뉴델리 특파원이 되겠지. 난 흥미 없는 기사나 가끔 쓰는 그리 유명하지 않은 기자로 남겠지.

**DORIS:** Sed, Mark, vi mem multfoje diris, ke kiam vi verkis la artikolon pri doktoro Braun, vi estis senlime ĝoja, ĉar tiu ĉi artikolo vekis ĝojon kaj esperon ne nur al vi, sed ankaŭ al aliaj homoj. Ĉu vi forgesis tion, Mark?

**MARK:** Ne, Doris, mi ne forgesis tion, sed nun mi deziras verki novajn artikolojn, mi ne deziras plu okupiĝi pri doktoro Braun!

**DORIS:** Mark, ĉu vi diris tion? Vi, kiu la unua provis defendi doktoron Braun!

**MARK:** Jes, Doris, Mi diris tion! Mi ne okupiĝos plu pri doktoro Braun kaj lia kuracilo! Hieraŭ mi diris al Klaus Hard, ke mi estas preta forveturi al Japanio, kaj mi transdonis al li la filmon, kiun mi faris en la hospitalo de doktoro Braun, kaj ĉiujn aliajn dokumentojn.

**DORIS:** Mark, ĉu vi faris tion, Mark?!

**MARK:** Jes, Doris. Mi faris tion kaj por vi kaj por mi. Mi decidis, ke ni jam devas pensi ankaŭ pri ni mem, pri nia estonto.

**DORIS:** Jes, ni jam devas pripensi pri ni mem, pri nia trankvila vivo, pri nia feliĉo, pri nia kariero! Per unu movo vi certigis vian trankvilan vivon, vian feliĉon, vian karieron, kaj vi mortigis la esperon de miloj da homoj, la esperon kaj la tutan vivlaboron de doktoro Braun.

도리스: 하지만 마르크, 당신은 브라운 박사에 관한 기사를 쓸 때 정말 기뻤다고 여러 번 말했잖아. 왜냐하면, 이 기사가 당신과 수많은 다른 사람에게 기쁨과 희망을 불러오니까. 그걸 잊었어, 마르크?

마르크: 아니, 도리스. 난 그걸 잊지 않았어. 하지만 지금은 새로운 기사를 쓰고 싶어. 브라운 박사에게 더는 매이고 싶지 않아!

도리스: 마르크, 그것을 당신이 말했나? 당신은 처음에 브라운 박사를 변호하려고 했지.

마르크: 그래, 도리스, 내가 그랬지! 난 브라운 박사와 그의 치료제에 더는 매이지 않을 거야. 어제 난 클라우스 하르드 씨에게 일본 갈 준비가 다 됐다고 말하고, 그에게 내가 브라운 박사 병원에서 찍은 영상과 다른 모든 자료를 넘겨 줬어.

도리스: 마르크, 정말 그렇게 했어, 마르크?
마르크: 그래, 도리스. 그렇게 했어! 당신과 나를 위해서. 우린 이제 우리 자신과 우리의 미래만 바라보기로 했어.
도리스: 그래, 우리는 이제 우리 자신, 우리의 편안한 인생, 우리의 행복, 우리의 경력만 생각해야 해. 그런 결심 하나로 당신은 당신의 편안한 인생, 행복, 경력을 분명하게 만들겠지만, 수천 명의 희망, 브라운 박사의 희망과 모든 수고는 죽이고 있어!

**MARK**: Doktoro Braun, doktoro Braun! Mi ne volas plu aŭdi tiun ĉi nomon! Ĉu doktoro Braun helpos al ni, se ni estos en malfacila situacio? Ĉu doktoro Braun interesiĝas pri ni? Ĉu li scias kiuj ni estas, kiaj estas niaj deziroj, niaj celoj, kion ni deziras atingi en la vivo? Doktoro Braun realiĝis. Verŝajne li faris, li atingis ion, sed ni faris ankoraŭ nenion!

**DORIS**: Jes, doktoro Braun sciis, kion li deziris fari!

**MARK**: Doktoro Braun, doktoro Braun! Mi ne volas aŭdi tiun ĉi nomon! Mi ne volas aŭdi tiun ĉi nomon! Doktoro Braun ne ekzistas!

**DORIS**: Doktoro Braun ekzistas! Vi ne ekzistas, Mark!

(Doris foriras.)

**MARK**: Doris, Doris... Ja, mi amas vin, Doris.

Fino

Budapeŝto, la 5-an de novembro 1983.

마르크: 브라운 박사, 브라운 박사, 난 더는 그 이름을 듣고 싶지 않아. 만약 우리가 어려움에 부딪히면 브라운 박사가 우릴 도와줄 것 같아? 브라운 박사가 우리에게 흥미를 느낄까? 그는 우리가 누군지, 우리의 바람이나 목적이 무언지, 우리가 삶에서 무얼 알고 싶어 하는지 알까? 브라운 박사는 현실이 되어야 해.
정말 그는 뭔가를 만들고 도달했지만, 우린 아직 아무것도 하지 못했어.

도리스: 그래, 브라운 박사는 자신이 무엇을 하고 싶어 하는지 알아.

마르크: 브라운 박사, 브라운 박사, 난 그 이름을 더 듣고 싶지 않아. 그 이름을 듣고 싶지 않아. 브라운 박사는 존재하지 않아.

도리스: 브라운 박사는 존재해. 당신이 없어졌어, 마르크!

(도리스가 나간다.)

마르크: 도리스, 도리스, 정말 난 당신을 사랑해, 도리스!

(끝) 1983.11.5. 부다페스트

# LA KRIPTO

Roluloj:

Gustav
Lina - lia edzino
Oĉjo Karlo

# 토굴(土窟)


등장인물

구스타브
리나: 그의 아내
카를로 아저씨

La scenejo prezentas dormoĉambron en kiu videblas familia lito, du noktoŝranketoj, vestoŝranko, librobretaro, du foteloj, tri seĝoj, mangotablo, televidaparato.
Evidente la ĉambro ne estas tre vasta, kaj la mebloj en ĝi iom tumultas. Tamen plej strange estas, ke en la mezo de la ĉambro videblas granda, ĵus elfosita, truo, kiu havas preskaŭ rektangulan formon, kaj iom similas al tombo. Ĉirkaŭ la truo kuŝas ŝovelilo, pioĉo, levstango.
Kiam la kurteno leviĝas sur la scenejo estas Lina kaj oĉjo Karlo, la fosisto. Lina, vestita en hejma robo, kuŝas sur la familia lito, kaj enue trafoliumas modajn revuojn. Oĉjo Karlo staras apud la truo, kaj silente, serioze observas la truon.

**LINA**: Ĉu ankoraŭ multe vi devas fosi?
**KARLO**: Ankoraŭ tio estas malprofunda, eĉ iom mi devas larĝigi ĝin. Ŝajnas al mi, ke iom mallarĝa tiu estas.
**LINA**: Ankaŭ mi opinias, ke iom mallarĝa ĝi estas.
**KARLO**: Sed pri tio vi ne zorgu. ĉio estos en ordo.

- 142 -

무대에는 가정 침대, 작은 이불장, 옷장, 책꽂이, 안락의자 두 개, 의자 세 개, 식탁, TV 세트가 놓인 침실이 보인다. 분명 방은 그리 넓지 않고 그 안의 가구는 조금 어수선하다. 가장 이상한 것은 방 한가운데 크고 방금 판 거의 직사각형 모양의 구멍이 있다는 건데, 약간 무덤 같다. 구멍 주변에 삽, 곡괭이, 지렛대가 놓여 있다. 막이 오르면 무대 위에 리나와 땅 파는 사람 카를로 아저씨가 있다. 리나는 집 안에서 입는 옷차림으로 침대에 누워서 지루한 듯 최근 잡지를 넘긴다. 카를로 아저씨는 구멍 옆에 서서 조용하고 진지하게 구멍을 살핀다.

리나: 아직 많이 파셔야 해요?

카를로 아저씨: 아직 그리 깊지 않아요. 조금이라도 더 넓혀야 해요. 조금 좁아 보이네요.

리나: 저도 조금 좁다고 생각해요.

카를로 아저씨: 하지만 걱정하지 마세요. 모든 게 잘 될 거예요.

(Oĉjo Karlo prenas la pioĉon, eniras la truon, kaj komencas diligente, ritme fosi. Malantaŭ la kulisoj ekkrakas ŝlosilo en seruro.)

LINA: (iom surprizita) Gustav revenas, sed strange, kial pli frue?

(La ĉambron eniras Gustav kun du grandaj valizoj. Gustav lasas la valizojn, kaj feliĉe ridanta li ekiras al Lina.)

LINA: Gustav, kio okazis, kial vi revenas du tagojn pli frue? Ja, vi devus reveni dimanĉe vespere.
GUSTAV: Jes, sed mi komencis enui.
LINA: Ĉu enui en Parizo?
GUSTAV: Kial ne? Mi finis mian laboron. Tagon, duan tagon, mi promenis sencele en la urbo, kaj mi decidis reveni pli frue.
LINA: Sed tion mi tute ne povas imagi! Per du tagoj mallongigi ofican vojaĝon al Parizo! Ĉu vi ne estas malsana?
GUSTAV: Ĉu mi? Mi fartas bonege! Lina kara!

(Gustav proksimiĝas al Lina por kisi ŝin, sed en tiu ĉi momento el la truo aŭdiĝas bruo.

(카를로 아저씨는 곡괭이를 들고 구멍으로 들어가 열심히 장단에 맞춰 판다. 무대 뒤에서 자물쇠에 열쇠를 넣고 돌리는 소리가 난다)

리나: (조금 놀라서) 구스타브가 돌아오네요. 이상하다? 왜 예상보다 빨리 왔지?

(방으로 구스타브가 여행 가방을 두 개 들고 들어온다. 가방을 놓고 행복하게 웃으며 리나에게 간다)

구스타브: 사랑하는 리나!
리나: 구스타브, 무슨 일이 있나요? 왜 이틀이나 빨리 돌아왔어요? 계획대로라면 일요일 저녁에 와야 하잖아요?
구스타브: 그래, 하지만 지루해서….
리나: 왜 지루해요?

구스타브: 왜 아니겠어? 나는 내 일을 끝냈어. 하루 이틀 목적도 없이 도시에서 헤매고 다니느니, 빨리 돌아오려고 마음먹었어.
리나: 하지만 그건 상상도 못 했네요. 이틀이나 파리 공식 여행을 단축하다니! 당신 어디 아프지 않아요?
구스타브: 내가? 난 아주 잘 지냈어요.

(구스타브는 그녀에게 입맞춤하려고 가까이 간다. 하지만 이 순간 구멍에서 소음이 들린다.

Oĉjo Karlo scivole levas sian kapon malantaŭ de la seĝo, kiu staras ĉe la truo, por ke li povu pli bone vidi kion faras Gustav kaj Lina. Gustav preskaŭ falas pro surprizo, kiam li vidas la kapon de oĉjo Karlo.)

GUSTAV: (timeme, surprizite kaj minace) Lina!
LINA: (pardoneme) Mi preskaŭ forgesis. Bonvolu konatiĝi - Karlo.

(Lina ridete montras al oĉjo Karlo.)

GUSTAV: (daŭre stupore rigardas la kapon de oĉjo Karlo) Karlo? Ĉu Karlo?!
LINA: (trankvile) Karlo.
GUSTAV: (mallaŭte) Jes, Karlo! Mi sciis! Mi tre bone sciis. Iu kvazaŭ flustris en mian orelon.
LINA: (perpleksite) Gustav, kiu flustris en vian orelon? Kion vi sciis?
GUSTAV: (aplombe, sed mallaŭte) Mi sciis, ke mi trovos ĉi tie iun Karlon!
LINA: De kie vi scis lian nomon?
GUSTAV: Ĉu de kie? Vi ne supozis, ke mi revenos du tagojn pli frue! Vi...
LINA: Sed Gustav, estas ia miskompreno...

카를로 아저씨는 구멍 옆에 있는 의자 뒤에서 구스타브와 리나가 무얼 하는지 보려고 호기심을 가지고 고개를 빼꼼히 내민다. 구스타브는 카를로 아저씨 머리를 보더니 놀라서 거의 넘어질 뻔하다)

구스타브: (두려워서, 놀라서, 위협하듯) 리나!
리나: (용서를 구하며) 아이고, 깜박할 뻔했네요. 인사하세요, 카를로 아저씨예요.

(리나는 웃으며 카를로 아저씨를 가리킨다)

구스타브: (계속 황당해하면서 카를로 아저씨 머리를 바라본다) 카를로? 카를로 아저씨라고?
리나: (조용하게) 카를로 아저씨!

구스타브: (작은 소리로) 그래, 카를로 씨! 나는 알아, 아주 잘 알아! 누군가가 내 귀에 속삭이는 것 같아.
리나: (어리둥절해서) 구스타브, 누가 당신 귀에 속삭여요? 무엇을 알아요?

구스타브: (침착하게 그러나 작게) 여기서 어떤 카를로 씨를 발견하리란 걸 알았어!
리나: 어디서 그의 이름을 알았나요?
구스타브: 어디서? 내가 이틀 더 빨리 오리란 걸 짐작도 못 했지, 당신은?
리나: 구스타브, 뭔가 오해가 있네요.

(Gustav malrapide faras paŝon al Lina. Lina antaŭvide paŝas malantaŭen. Gustav ankoraŭ ne rimarkas la truon en la mezo de la ĉambro, ĉar inter Gustav kaj la truo estas la seĝo. Oĉjo Karlo, kiu dume eliris el la truo, staras iom flanke de Gustav kaj Lina.)

**GUSTAV**: (kolere, sed mallaŭte) Mi rapidis reveni pli frue! Mi aĉctis por ŝi robojn, bluzojn, kalsonetojn, kaj jen ⁻ Karlo!

**KARLO**: Lasu min trankvile labori.

**GUSTAV**: (al Karlo) Ĉu „labori"? Ĉu por vi ne sufiĉis dusemajna „trankvila laboro" kun mia edzino?

**LINA**: Gustav...

**KARLO**: (ridetas) Mi ne deziras diri, sed... via edzino pli ŝatas kuŝi sur la lito ol ... labori.

**GUSTAV**: Ĉu ŝi devis kuŝi sur la fridujo aŭ sur la televidilo?!

**KARLO**: Ec kafon malvolonte kuiras.

**GUSTAV**: Ĉu kafon, por vi?! Nur ne diru, ke vi havas ankaŭ specialan tarifon por via „laboro"!

**KARLO**: Kompreneble. Por unu horo - tridek forintoj.

**GUSTAV**: (ironie) Por unu horo tridek forintoj! Viaj prezoj ne estas tre altaj.

(구스타브는 천천히 리나에게로 발걸음을 옮긴다. 리나는 예상한 듯 뒷걸음친다. 구스타브는 아직 방 한가운데 있는 구멍을 알아차리지 못한다. 구스타브와 구멍 사이에 의자가 있어서다. 그동안 구멍에서 나온 카를로 아저씨는 구스타브와 리나와 조금 떨어져 선다)

구스타브: (화내지만 작게) 난 더 빨리 돌아오려고 서둘렀어! 당신에게 주려고 웃옷, 블라우스, 속옷 같은 걸 샀어. 그런데 카를로 씨가 있네!
카를로: 내가 조용히 일하도록 가만두세요!

구스타브: (카를로에게) 일이요? 제 아내와 2주간의 조용한 일이면 충분하지 않나요?
리나: 구스타브!
카를로: (웃는다) 말하고 싶지 않지만, 당신 부인은 일보다 침대 위에 누워 있는 걸 더 좋아해요.

구스타브: 그녀가 냉장고나 TV 위에 누워야만 하나요?
카를로: 커피도 마지못해 타요.

구스타브: 커피를요? 일에 특별 요금이 있다고 말하지는 마세요!
카를로: 물론 1시간에 30포린트요!

구스타브: (비꼬듯) 1시간에 30포린트! 가격은 그리 비싸지 않네요.

(Al Lina, sarkasme) Kiel malalten vi falis! Por unu horo tridek forintoj!

**LINA**: Sed Gustav, tio ne estas mia tarifo, sed la lia...

**GUSTAV**: (al oĉjo Karlo, minace) Kiom da horoj vi „laboris" tage?

**KARLO**: Laŭ la laborleĝo - ok horojn kaj duonon.

**GUSTAV**: (surprizita) ‐ Ok horojn kaj duonon! (ironic) Tre „laborema" vi estas! (Al Lina) Jam delonge mi suspektis, ke estas io, iu, kaj jen - ok horojn kaj duonon! Du semajnojn mi estis eksterlande, kaj vi tuj - ok horojn kaj duonon, ĉiutage!

**LINA**: (preskaŭ plore) Sed Gustav, mi petas vin. Mi klarigos ĉion al vi...

**GUSTAV**: Ĉio estas klara kiel la kristalo! Mi tuj revenos! Vi kuŝas sur la lito, li ‐ sur la planko, kaj laŭ lia konfeso, jam du semajnojn vi „laboras" kune!

**LINA**: Gustav, tuj mi klarigos ĉion.

**GUSTAV**: Ne!


(Gustav prenas la levstangon kaj malrapide komencas proksimiĝi al oĉjo Karlo. Oĉjo Karlo same malrapide retiriĝas.

(리나에게 빈정거리며) 당신은 얼마나 아래로 떨어졌나요? 1시간에 30포린트라니!

리나: 하지만 구스타브, 그것은 내 가격이 아니라 그분의….

구스타브: (카를로 아저씨에게 위협하듯) 낮에 몇 시간이나 일하나요?

카를로: 노동법에 따라 8시간 30분요.

구스타브: (놀라서) 8시간 30분! (비꼬듯) 아주 일을 좋아하시네요. (리나에게) 벌써 오래전부터 나는 어쩐지 누가 있을 것 같더라니! 8시간 30분이군. 2주간 나는 외국에 있었어, 그리고 당신은 8시간 30분!

리나: (거의 울 듯) 하지만 구스타브, 부탁해요! 모든 걸 당신에게 설명할게요.

구스타브: 모든 게 수정처럼 맑아. 난 곧 돌아갈 거야. 당신은 침대에 누워 있고, 그 사람은 마루에 있어. 그 사람 고백에 따르면, 벌써 2주간 당신은 같이 일했어!

리나: 구스타브, 곧 내가 모든 것을 설명할게!

구스타브: 아니야!

(구스타브는 지렛대를 들고 천천히 카를로 아저씨에게 다가간다. 카를로 아저씨도 똑같이 천천히 뒷걸음 한다.

Iom da tempo Gustav persekutas oĉjon Karlon inter la mebloj en la ĉambro. Lina ekstaras sur la lito kaj komencas krii.)

LINA: (krias) Gustav, mi petas vin! Oĉjo Karlo, rapidu iomete, li murdos vin!

KARLO; Ne timu, sinjorino, mi estas asekurita. Se okazos io, la entrepreno pagos al mi kompensaĵon.

GUSTAV: De kiam la adultuloj havas entreprenon?! Nur ne diru, ke estas ankaŭ sindikato kiu zorgas pri viaj rajtoj!

KARLO: De dudek jaroj jam, mi estas membro de la sindikato.

GUSTAV: Tuj vi iĝos membro de la ĉiela sindikato!

(Gustav levas subite la levstangon, sed pro ĝia pezo, li perdas ekvilibron kaj falas en la truon. El la truo aŭdiĝas kriegoj, ĝemoj.)

LINA: Oĉjo Karlo, oĉjo Karlo, mi petas vin, helpu al li. Li certe rompis la kruron aŭ la brakon!

KARLO: (trankvile) La truo ankoraŭ ne estas profunda.

LINA: (iras al la truo kaj maltrankvile) Gustav,

얼마 동안 구스타브는 방에 있는 가구 사이로 카를로 아저씨를 몰아넣는다. 리나는 침대에서 일어나 소리친다)

리나: (소리친다) 구스타브! 부탁해요! 카를로 아저씨! 조금만 서두르세요! 그가 아저씨를 죽일 거예요!

카를로: 무서워 마요, 아주머니! 나는 보험이 있어요! 무슨 일이 생기면 보험회사가 내게 보상할 겁니다!

구스타브: 언제부터 간통자들을 보호하는 보험이 있죠? 권리를 관리하는 보험도 있다고는 말하지 마세요!

카를로: 벌써 20년 전부터 나는 보험을 들었어요. 이래 봬도 보험회원이라고요.
구스타브: 금세 하늘 회원이 될 겁니다.

(구스타브는 갑자기 지렛대를 들었지만, 무게 때문에 균형을 잃고 구멍으로 떨어진다. 구멍에서 외침과 신음이 들린다)

리나: 카를로 아저씨, 카를로 아저씨, 부탁하는데, 그를 도와주세요! 분명 다리나 팔을 다쳤을 거예요!

카를로: (조용히) 구멍이 아직 그리 깊지 않아요.

리나: (구멍으로 가서 걱정하듯) 구스타브,

kara Gustav, kio okazis?

(Oĉjo Karlo iom singarde proksimiĝas al la truo, kaj helpas al Gustav por eliri. Gustav, ĝemanta pro doloro, tre malfacile eliras el la truo. Oĉjo Karlo kaj Lina sidigas lin en unu el la foteloj.)

**GUSTAV**: Diable...

**LINA**: Gustav, kion vi rompis? Kio vin doloras?

**GUSTAV**: (al Lina) - For! Mi ne volas vidi vin!

**LINA**: (plore) - Gustav, kara...

**GUSTAV**: (kategorie) - Plu por vi mi ne estas kara!

**LINA**: Gustav, mi petas vin...

**GUSTAV**: (severe) - Kio estas tiu ĉi truo en la mezo de la ĉambro?

**LINA**: Ĝi ne estas truo, sed...

**GUSTAV**: Ne truo, sed kavo, ĉu?!

**LINA**: Ne, ne...

(Gustav iom lamante proksimiĝas al la truo, kaj esplore observas ĝin.)

**GUSTAV**: (aplombe) - A-a, nun mi komprenas. Kaŝejo!

사랑하는 구스타브! 무슨 일인가요?

(카를로 아저씨는 조금 조심스럽게 구멍으로 가까이 가서 구스타브가 일어나 나오도록 돕는다. 고통으로 신음하며 구스타브는 아주 힘겹게 구멍에서 빠져나온다. 카를로 아저씨와 리나는 그를 안락의자에 앉힌다)

구스타브: 이런, 젠장!
리나: 구스타브, 어디 다쳤나요? 어디가 아파요?

구스타브: (리나에게) 저리 가! 당신은 꼴도 보기 싫어.
리나(울며) : 구스타브! 여보!

구스타브: (단호하게) 더는 당신에게 여보가 아냐!
리나: 구스타브, 제발!

구스타브: (엄하게) 방 가운데 이 구멍은 뭐야?
리나: 그것은 구멍이 아니라….

구스타브: 구멍이 아니면 동굴이요?
리나: 아니오, 아니!

(구스타브는 조금 다리를 절뚝거리며 구멍으로 다가간다. 그리고 조사하듯 구멍을 살핀다)

구스타브: (태연자약하게) 아, 지금 이해했네, 피난처!

Vi komencis fosi kaŝejon por kaŝi viajn amantojn, sed mi revenis pli frue, kaj vi ne sukcesis realigi vian insidan planon! Aĥ vi...

LINA: Gustav, kara Gustav...

GUSTAV: Kompreneble jam estas malmode kaŝi la amantojn en la banejoj, en la vestoŝrankoj, sub la litoj...

(Gustav lamante iras al la vestoŝranko, malfermas ĝin, poste li rigardas malantaŭ la televidaparato, sub la lito... Dum la konversacio de Gustav kaj Lina, oĉjo Karlo singarde staras apud la vestoŝranko, de kie iom scivoleme li gvatas kaj subaŭskultas ilin.)

LINA: (surprizita) – Gustav, kion vi serĉas?

GUSTAV: (kvazaŭ al si mem diras) – Kompreneble jam necesas speciale ekipitaj kaŝejoj, en kiuj la amantoj povas pasigi nokton, aŭ se necesas eĉ kelkajn tagojn. Kiom naiva kaj neinformita mi estis!

LINA: Gustav, ĉu vi bone fartas?

(Gustav subite levas la levstangon. Lina kaj oĉjo Karlo fulmorapide kuŝas sur la plankon.

애인을 숨길 피난처를 파기 시작했군! 하지만 내가 더 빨리 돌아왔네. 당신의 함정 계획을 실행시키지 못했군! 아니면?

리나: 구스타브! 사랑하는 구스타브!

구스타브: 물론 애인을 욕실이나 옷장, 아니면 침대 밑에 숨기는 건 벌써 유행이 지났지.

(구스타브는 절뚝거리면서 옷장으로 가서 열어 보고, 조금 후엔 TV 뒤나 침대 밑을 살펴본다. 구스타브와 리나의 대화를 엿듣던 카를로 아저씨는 옷장 옆에 서서 호기심을 가지고 그들을 몰래 살피며 이야기를 계속 듣고 있다)

리나: (놀라서) 구스타브, 무슨 농담이에요?

구스타브: (마치 혼잣말하듯) 물론 충분히 갖추어진 피난처가 필요하지. 거기서 애인이 밤을 지낼 수 있고, 아니면 필요하다면 며칠간이라도! 얼마나 나는 순진하고 무지했던가!

리나: 구스타브, 괜찮나요?

(구스타브는 갑자기 지렛대를 집어 든다. 리나와 카를로 아저씨는 번개처럼 빨리 마루 위로 엎드린다.

Gustav, apogante sin je la levstango, kiel je bastono, malrapide proksimiĝas al la truo, kaj denove detale kaj serioze ĝin.)

GUSTAV: (kvazaŭ al si mem diras) – Aŭ eble ĝi estos subtera koridoro? (Al Lina severe) Ĉu li estas najbaro?

KARLO: Mi loĝas ekster la urbo.

GUSTAV: (al si mem diras) – Kaj li intencis subfosi la tutan urbon! (ridante) Tamen tiu ĉi kavo pli similas al tombo. Mi ne volas esti je la loko de tiu ĉi povrulo. (Gustav kompatinde rigardas oĉjon Karlon kaj ridas.) En tiu ĉi truo, eĉ du minutojn, mi ne eltenos! Vera tombo ĝi estas!

LINA: (ĝoje) – Gustav, vi preskaŭ divenis!

GUSTAV: (surprizite) – Ĉu tombo?! Ĉu freŝfosita tombo?! Nur ne diru, ke vi intencis murdi min, kaj kaŝe entombigi min ĉi tie?

LINA: (ion kolere) – Gustav!

GUSTAV: (time) – He..., he.. Helpon! Helpon!

(Gustav provas forkuri, sed lia kruro ekdoloras, kaj li falas sur la plankon. Lina kaj oĉjo Karlo levas lin, kaj sidigas lin en la fotelon.

구스타브는 지팡이처럼 지렛대를 기대고 선 채 천천히 구멍으로 가까이 가서 다시 신중하게 구멍을 살핀다)

구스타브: (마치 혼잣말하듯) 아니면, 아마 지하 복도가 될까? (리나에게 엄하게) 그는 이웃 사람인가요?

카를로: 나는 도시 외곽에 살아요.

구스타브: (자신에게 말한다) 그럼 그는 온 도시를 아래로 팔 계획이었군. (웃으면서) 하지만 이 동굴은 무덤에 가까워. 이 가난뱅이의 장소에 있고 싶지 않아. (구스타브는 카를로 아저씨를 불쌍하게 쳐다보며 웃는다.) 이 동굴에서 2분도 못 견디겠어, 그건 진짜 무덤이야!

리나: (기쁘게) 구스타브, 거의 맞았네요!

구스타브: (놀라서) 무덤이라고? 새로 판 무덤? 파서 나를 죽여 여기에 몰래 묻을 계획이라고는 말하지 마!

리나: (발끈해서) 구스타브!

구스타브: (두려워하며) 살, 살, 살려려 줘! 도와줘!

(구스타브는 달아나려고 하지만, 다리가 아파서 마루에 넘어진다. 리나와 카를로 아저씨가 그를 일으켜 세우고 안락의자에 앉힌다.

Dume Gustav terure krias, kaj per furioza svingo de la brakoj defendas sin.)

GUSTAV: (krias) – Helpon! Helpon!

(Lina provas per mano ŝtopi lian buŝon.)

GUSTAV: (preskaŭ plore al Karlo) ⁻ Mi petas vin, ne murdu min! Mi petas vin nc murdu min! (Al Lina) Lina kara, ĉu tiel feroca mi estis al vi? Vere, foje, foje mi faris skandalojn, sed mi amis vin, Lina... Helpon! Helpon!

(Lina denove provas per mano ŝtopi lian buŝon.)

GUSTAV: (al oĉjo Karlo) ⁻ Mi petas vin, ne murdu min! Ne murdu min! Tuj mi foriros kaj mi lasos al vi ĉion; ŝin, la televidon, la aŭton, la loĝejon, la liton... Nur ne murdu min!

(Gustav elprenas el sia poŝo faskon da ŝlosiloj, kaj peteme li etendas ilin al oĉjo Karlo.)

LINA: (severe kaj minace) – Gustav, kiu bezonas vian fuŝitan Trabanton?!
GUSTAV: (plore krias) – Mi ne deziras morti!

그러자 구스타브는 심하게 소리치고 팔을 거세게 흔들어 자기를 지키려 한다)

구스타브: (소리친다) 살려 줘! 살려 줘!

(리나는 손으로 그의 입을 막으려 한다)

구스타브: (카를로에게 거의 울 듯이) 부탁합니다! 나를 죽이지 마세요! 제발 나를 죽이지 마세요! (리나에게) 사랑하는 리나, 내가 당신에게 그렇게 사나웠나요? 정말 가끔 추문을 만들었지만, 나는 당신을 사랑했어요. 리나! 살려줘! 살려줘!

(리나는 다시 손으로 그의 입을 막으려고 한다)

구스타브: (카를로 아저씨에게) 제발 나를 죽이지 마세요! 나를 죽이지 마요! 곧 내가 떠날게요! 그리고 모든 것, 그녀, TV, 차, 침대 다 놓고 갈게요! 제발 죽이지만 마세요!

(구스타브는 호주머니에서 열쇠 꾸러미를 꺼내서 부탁하듯이 그것들을 카를로 아저씨에게 내민다)

리나: (엄하게 위협하듯) 구스타브, 누가 망가진 것들을 가진대요?
구스타브: (울면서 소리친다) 난 죽고 싶지 않아!

(Gustav denove provas ekstari kaj forkuri, sed li denove falas sur la plankon. Oĉjo Karlo proksimiĝas al li, levas lin, kaj denove sidigas lin en la fotelon. Gustav timeme kaŝas sian vizaĝon per la manoj.)

**GUSTAV**: Helpon! Helpon!
**KARLO**: (ordone) – Silentu! Tio ĉi ne estas tombo, sed kripto!
**GUSTAV**: (time) – Jes, jes kripto. Bonan humuron vi havas! Tio ĉi ne estas tombo, sed kripto! (Gustav diras al si mem.) Ĉu tombo kaj kripto ne estas unu sama afero?! (Gustav al oĉjo Karlo.) Por mi tute egalas kie vi entombigos min; ĉu en tombo, aŭ en kripto.
**KARLO**: (severe korektas lin.) – Tio ĉi estas ne tombo, sed kripto!
**GUSTAV**: (kuraĝe kaj patose) – Bone estu kripto! Jen, murdu min! Ne pensu, ke mi timas! Per levita kapo kaj malfermitaj okuloj mi renkontos la morton! Vi, kanajlo, fripono, adultulo, murdisto! (Gustav al la publik, preskaŭ plore diras.) Sed ĉu necesas morti por malĉastulino?!

(Oĉjo Karlo minace ekiras al Gustav. Gustav provas kaŝi sin malantaŭ la fotelon.)

(구스타브는 다시 일어나서 도망가려고 하지만, 다시 마루에 넘어진다. 카를로 아저씨가 그에게 가까이 다가가 그를 일으키고 다시 의자에 앉힌다. 구스타브는 무서워하며 얼굴을 손으로 가린다)

구스타브: 살려주세요! 살려주세요!
카를로: (명령하듯) 조용히 하세요! 이건 무덤이 아니라 토굴입니다.
구스타브: (무서워하며) 예, 토굴! 마음씨가 착하시군요. 이것은 무덤이 아니라 토굴입니다!
(구스타브는 혼잣말한다) 무덤이나 토굴이나 같은 것 아냐?
(구스타브는 카를로 아저씨에게) 무덤이나 토굴이나 나를 어디에 묻든 완전히 똑같아요.

카를로: (엄히 그를 향해 정정한다) 이것은 무덤이 아니라 토굴입니다!
구스타브: (용기 있지만 슬프게) 토굴이 좋습니다. 여기서 나를 죽이세요! 내가 무서워한다고 생각하지 마세요! 머리를 들고 눈을 뜨고 죽음을 맞을 겁니다. 아저씨, 깡패, 건달, 간통자, 살인자….

(구스타브는 관중을 향해 거의 울다시피 말한다) 하지만 간음하는 여자 때문에 죽어야 할까요? (카를로 아저씨는 위협하듯 구스타브에게 다가간다. 구스타브는 의자 뒤로 숨으려 한다)

**KARLO:** Por tiom da ofendoj tuj mi tranĉos vian kapon!

**GUSTAV:** (plore) – Helpon! Helpon!

**LINA:** Oĉjo Karlo, bonvolu daŭrigi vian laboron. Al li iom pli longe oni devas klarigi ĉion.

**KARLO:** Se li tiel malrapide komprenas, li almenaŭ lasu la homojn trankvile labori, kaj li ne ofendu la honestajn laboristojn.

**GUSTAV:** (tcrurita) – Ĉu la honestajn murdistojn?

(Oĉjo Karlo iras al la truo kaj prenas la pioĉon. Gustav time rigardas lin de malantaŭ la fotelo)

**LINA:** (proksimiĝas al Gustav) – Gustav, oĉjo Karlo estas tre bona homo.

**GUSTAV:** Jes, jes, mi vidas. (Gustav diras al si mem.) Dio mia, li jam prenis la pioĉon!

**LINA:** Oĉjo Karlo faras sian laboron.

**GUSTAV:** (time) – Jes, kompreneble. Bonan laboron havas tiu oĉjo Karlo.

**LINA:** Li elfosas kripton.

**GUSTAV:** (time) – Por kiu?

**LINA:** Ne por vi.

**GUSTAV:** (scivole) – Ĉu por vi?

**LINA:** Tuj vi komprenos ĉion.

카를로: 내게 더 상처를 준다면, 곧 내가 당신 머리를 자를 거야!

구스타브: (울며) 살려 주세요! 살려 주세요!

리나: 카를로 아저씨, 일을 계속해 주세요! 그에게 조금 더 시간을 두고 모든 걸 설명해야 하거든요.

카를로: 이 상황을 이해하는 데 시간이 걸린다면 적어도 사람이 편하게 일하도록 놔두세요. 정직한 일꾼에게 상처 주지 마세요.

구스타브: (무서워하며) 정직한 살인자요?

(카를로 아저씨는 구멍으로 가서 곡괭이를 든다. 구스타브는 두려워 의자 뒤에서 그를 바라본다)

리나: (구스타브에게 다가간다) 구스타브, 카를로 아저씨는 아주 좋은 사람이에요.

구스타브: 예, 그래, 내가 보고 있어! (구스타브는 혼잣말한다) 아이고! 그가 벌써 곡괭이를 들었네.

리나: 카를로 아저씨는 자기 일을 하는 거예요.

구스타브: (두려워) 그래, 물론 카를로 아저씨는 좋은 일거리를 가졌어.

리나: 그는 토굴을 파요.

구스타브: (두려워) 누구를 위해?

리나: 우리를 위해서가 아니에요!

구스타브: (호기심을 가지고) 당신을 위해?

리나: 곧 모든 걸 알게 될 거예요.

GUSTAV: Ĉio estas tiel klara, ke pli klara esti jam ne eblas.

LINA: Jes, ĉio estas tre klara kaj tre simpla. Sub nia ĉambro troviĝas kripto.

GUSTAV: Ĉu kripto?! Kia kripto?

LINA: (triumfe) - Bizanca kripto!

GUSTAV: (suspekteme) - Ĉu bizanca kripto?

LINA: Jes.

GUSTAV: (ironie) - Baldaŭ vi diros, ke sub nia ĉambro troviĝas bazo de raketoj. Ja, nun tio ĉi estas pli aktuala.

LINA: (ofendite) - Gustav, mi parolas serioze.

GUSTAV: Ankaŭ mi aŭskultas serioze. (Gustav iom incitite) Kaj kiu elpensis tiun ĉi kripton, ĉu vi aŭ via oĉjo Karlo?

LINA: (kolere) - Gustav, fin-fine ankaŭ mia toleremo elĉerpiĝos!

(Lina abrupte ekiras al oĉjo Karlo. Gustav ektimas.)

GUSTAV: (pardoneme) - Mi nenion diris, mi nur aŭskultas. Jes, mi kredas ĉion. Ĉiun vian vorton mi kredas. Mi nepre devas kredi, ke ĉi tie estas bizanca kripto. Se vi diras tion, tio estas ĝuste tiel. (Sed subite Gustav diras peteme.)

구스타브: 모든 건 더 분명 하기가 불가능할 정도로 아주 분명해.

리나: 그래요, 모든 것이 아주 분명하고 매우 간단해요. 우리 방 아래 토굴이 발견됐어요.

구스타브: 토굴이? 어떤 토굴?

리나: (자랑스럽게) 비잔티움 시대의 토굴!

구스타브: (조심스럽게) 비잔티움 시대의 토굴이라고?

리나: 예!

구스타브: (비꼬듯) 곧 당신은 우리 방안에 로켓 발사대가 발견됐다고 하겠네요. 정말 여기선 로켓 발사대가 더 현실적이죠.

리나: (상처받은 듯) 구스타브, 나는 진지하게 말하고 있어요.

구스타브: 나도 진지하게 듣고 있어.

(구스타브는 조금 흥분되어) 그리고 누가 이 토굴을 생각해 냈지? 당신인가, 아니면 당신의 카를로 아저씨인가?

리나: (화내며) 구스타브, 마침내 내 인내력도 바닥났어요!

(리나는 갑자기 카를로 아저씨에게 다가간다. 구스타브는 두려워한다)

구스타브: (미안해하며) 나는 아무것도 말하지 않고 듣기만 했어. 그래, 나는 모든 걸 믿어. 당신이 말한 모든 걸 믿어. 여기가 비잔티움 시대의 토굴이라고 반드시 믿어야 해! 당신이 그것을 말한다면 그건 정확히 그럴 거야!

(하지만 갑자기 구스타브는 부탁하듯 말한다)

Sed Lina kara, ĉu ne estos pli simple kaj pli facile tuj murdi min, kaj ĵeti mian kadavron en la truon, anstataŭ rakonti al mi pri bizancaj kriptoj...

KARLO: (kolere) – Kiam vi ĉesos balbuti? Pro vi oni ne povas trankvile prifosi!

(Oĉjo Karlo eniras la truon kaj komencas fosi.)

LINA: Gustav, mi jam diris al vi; tio ĉi ne estas truo!

GUSTAV: Jes, mi jam komprenis; tiu ĉi truo estas kripto!

LINA: Ne! Tiu ĉi truo ne estas kripto! La kripto estas sub la ĉambro.

GUSTAV: (diras al si mem) – Iu el ni nepre devas viziti kuraciston. (Al Lina zorgmiene.) Lina, kiam okazis al vi tiu ĉi malfeliĉo?

LINA: Antaŭ semajno, kiam vi estis en Parizo, venis arkeologoj, kaj ili diris, ke sub nia ĉambro troviĝas kripto.

GUSTAV: (prenas pozon de detektivo) – Ĉu tiam vi hazarde ne dormis?

LINA: Ne.

GUSTAV: Do, vi estis vekita.

LINA: Jes.

하지만 사랑하는 리나, 내게 비잔티움 시대의 토굴에 관해 이야기하는 대신, 곧 나를 죽이고, 내 시체를 구멍에 던지는 게 더 간단하고 더 쉽지 않을까?

카를로: (화내며) 중얼거리는 걸 언제 끝낼 건가요? 당신 때문에 편안히 땅을 팔 수가 없네요.

(카를로 아저씨는 구멍으로 돌아가 파기 시작한다)

리나: 구스타브, 이것이 구멍이 아니라고 당신에게 벌써 말했지요!
구스타브: 그래요, 나는 이 구멍이 토굴이란 건 벌써 알아요.
리나: 아니요, 이 구멍은 토굴이 아니에요, 토굴은 방 아래 있어요.
구스타브: (혼잣말한다) 우리 둘 중 하나는 반드시 의사에게 가 봐야 해.
(리나에게 돌보는 듯) 리나, 이런 불행이 언제 당신에게 일어났나요?
리나: 일주일 전에, 당신이 파리에 있을 때 고고학자가 와서 우리 방 아래에 토굴이 있다고 말했어요.
구스타브: (형사의 모습을 하고서) 그때 당신은 우연히도 자고 있지 않았나요?
리나: 자고 있지 않았죠.
구스타브: 그래요, 깨어 있었군요.
리나: 예.

**GUSTAV**: Kaj kiel eniris la arkeologoj; ĉu tra la pordo aŭ tra la fenestro?

**LINA**: Kompreneble, tra la pordo.

**GUSTAV**: ĉu ĝi ne estis ŝlosita?

**LINA**: Ĉu la fenestro? Ĝi ne estas ŝlosebla.

**GUSTAV**: Ne, la pordo?

**LINA**: La pordo estis ŝlosita.

**GUSTAV**: Tiam kiel ili eniris?

**LINA**: Ili sonoris, kaj mi malŝlosis la pordon.

**GUSTAV**: Do, vi vekiĝis, kaj vi iris malŝlosi la pordon.

**LINA**: Ili venis ne nokte, sed tage!

**GUSTAV**: Ĉu vi bone memoras?

**LINA**: Gustav, kio okazas al vi?

**GUSTAV**: Mi nur deziras detale esplori ĉion, paŝon post paŝo, laŭ la ordo de la okazintaĵoj. Do, vi iris, malŝlosis la pordon, malfermis ĝin, kaj la arkeologoj eniris.

**LINA**: Jes, ili eniris.

**GUSTAV**: Ĉu oĉjo Karlo ankaŭ vidis ilin?

**LINA**: Kiujn?

**GUSTAV**: La arkeologojn, kompreneble.

**LINA**: Sed oĉjo Karlo nur poste alvenis.

**GUSTAV**: Do, unue eniris la arkeologoj, kaj post ili oĉjo Karlo.

**LINA**: Ne tuj post ili, post kelkaj tagoj li alvenis.

구스타브: 그러면 고고학자들이 어떻게 들어왔지요? 문으로? 아니면 창으로?

리나: 물론 문으로.

구스타브: 문이 잠겨 있지 않았나요?

리나: 창이요? 그것은 잠길 수 없어요.

구스타브: 아니, 문이요.

리나: 문은 잠겨 있었어요.

구스타브: 그때 어떻게 그들이 들어왔지요?

리나: 그들이 초인종을 누르고 내가 문을 열었지요.


구스타브: 그러면 당신이 깨어나서 문을 열려고 갔네요.

리나: 그들은 밤이 아니라 낮에 왔어요.

구스타브: 당신은 잘 기억하네요.

리나: 구스타브, 당신 왜 이래요?

구스타브: 나는 사건의 순서에 따라 하나씩 모든 걸 자세히 조사해보고 싶어서요. 그래서 당신은 가서 문 열쇠를 풀고 문을 열고 고고학자들이 들어왔네요.

리나: 그래요, 그들이 들어왔어요.


구스타브: 카를로 아저씨도 그들을 보았나요?

리나: 누구를?

구스타브: 물론 고고학자들을?

리나: 하지만 카를로 아저씨는 그다음에 왔지요.

구스타브: 그럼 먼저 고고학자들이 들어오고, 나중에 카를로 아저씨가?

리나: 그들 다음에 바로가 아니라 며칠 뒤에 오셨어요.

**GUSTAV:** Ĝis tiam la pordo estis malfermita, ĉu?

**LINA:** (mire) – Sed Gustav?!

**GUSTAV:** Pripensu bone, Lina, tio estas tre grava.

**LINA:** La arkeologoj diris al oĉjo Karlo, ke li venu kaj prifosu la kripton.

**GUSTAV:** Do, la arkeologoj invitis oĉjon Karlon en nian propran domon.

**LINA:** Jes, la arkeologoj.

**GUSTAV:** Kiamaniere ili estis vestitaj?

**LINA:** Kiuj?

**GUSTAV:** La arkeologoj, kompreneble.

**LINA:** Sed kial vi demandas pri tio?

**GUSTAV:** Ĉu mi ne rajtas demandi?

**LINA:** Ili surhavis ĉemizojn, kostumojn, kravatojn...

**GUSTAV:** Ĉu ili ne surhavis skafandrojn?

**LINA:** Gustav!

**GUSTAV:** Mi demandas serioze. Mi deziras ĉion detale ekscii

**LINA:** Sed neniam mi aŭdis pri arkeologoj en skafandroj

**GUSTAV:** Kial ne? Se sub la dormĉambroj estas bizancaj kriptoj, kial ne estu arkeologoj kun skafandroj.

**LINA:** Gustav, ĉu vi ne havas febron?

구스타브: 그때까지 문은 열려있었어, 그렇죠?

리나: (놀라서) 하지만 구스타브!

구스타브: 잘 생각해 봐, 리나, 그게 매우 중요해!
리나: 고고학자들이 카를로 아저씨에게 가서 토굴을 파 달라고 말했어요.

구스타브: 그럼 고고학자들이 카를로 아저씨를 우리 집 으로 불렀네요?

리나: 예, 고고학자들이.

구스타브: 그들은 어떤 옷을 입었나요?
리나: 구스타브!

구스타브: 나는 진지하게 묻고 있어요. 나는 모든 걸 자 세히 알고 싶어요.

리나: 하지만 나는 잠수복 입은 고고학자를 본 적이 없 어요.

구스타브: 왜 그렇지? 침실 아래가 비잔티움 시대의 토 굴이라면, 왜 잠수복을 입은 고고학자가 될 수 없지?

리나: 구스타브, 당신, 열나는 건 아니지요?

GUSTAV: Iu el ni certe havas febron, sed mi ankoraŭ ne scias ĉu vi aŭ mi. Do, kion ĝuste diris la arkeologoj?

LINA: Ili diris, ke iam ĉi tie staris preĝejo.

GUSTAV: Kiamaniere ili diris tion?

LINA: Sed Gustav, viaj demandoj estas tre strangaj.

GUSTAV: Ankaŭ viaj respondoj ne estas malpli strangaj.

LINA: (ripetas) — Ili diris: „Iam ĉi tie staris preĝejo."

GUSTAV: Ĉu tiu ĉi frazo ne eksonis tiel: (Gustav eldiras la frazon per tira voĉo.) „Iam ĉi tie staris preĝejo". Ni diru, kiel fora voĉo en profunda sonĝo, ekzemple.

LINA: (severe) – Gustav, ĉu vi priridas min?

GUSTAV: Ne. Tute ne. Ne komika, sed tragika estas via rakonto, Lina.

LINA: Ne! Mia rakonto estas reala! La arkeologoj diris, ke ĝuste ĉi tie troviĝas la kripto!

GUSTAV:(montras la truon) – ĉu ĝuste ĉi tie?

LINA: Jes!

GUSTAV: Ĉu ne iom dekstre, aŭ iom maldekstre?

LINA: (severe) – Gustav, kiu pli bone scias; ĉu la arkeologoj, aŭ vi?

구스타브: 우리 둘 중 누군가는 반드시 열이 나요! 하지만 나인지, 당신인지 난 아직 모르겠어. 그럼, 고고학자들이 곧바로 무엇이라고 말했나요?

리나: 그들은 언젠가 여기에 성당이 있었다고 말했어요.

구스타브: 그들이 어떤 식으로 그것을 말했나요?

리나: 하지만 구스타브, 당신 질문은 매우 이상해요.

구스타브: 당신의 대답도 덜 이상하지는 않아요.

리나: (웃으며) 그들이 말하기를, 언젠가 여기에 성당이 있었어요, 라고.

구스타브: 이 문장이 그렇게 들리지 않나요?

(구스타브가 문장을 특이한 목소리로 발음한다) '언젠가 여기에 성당이 있었어요.' 깊은 꿈속 저 멀리서 들리는 목소리처럼 말해 봐요.

리나: (엄하게) 구스타브, 당신, 나를 놀리나요?

구스타브: 아니요, 전혀 아니요, 당신 얘기는 웃기지 않고 비극적이에요, 리나.

리나: 아니요. 내 이야기는 실제적이에요. 고고학자들이 정확히 여기에 토굴이 발견된다고 말했어요.

구스타브: (구멍을 가리킨다) 바로 여기에?

리나: 예.

구스타브: 조금 오른쪽이 아니라 조금 왼쪽?

리나: (엄하게) 구스타브! 고고학자들이나 당신 중, 누가 더 잘 알까요?

GUSTAV: Kompreneble la arkeologoj! Tamen mi aŭdis pri kriptoj, kiuj ŝanĝas sian lokon.

LINA: (ironie) - Ĉu pri irantaj kriptoj vi aŭdis?

LIGUSTAV: Ne, pri migrantaj! Se hodiaŭ ili estas ĉi tie, morgaŭ oni trovas ilin sub la lito, kaj post morgaŭ sub la vestoŝranko

LINA: Gustav, ĉu hazarde vi ne freneziĝis?

GUSTAV: Hazarde vi freneziĝis, ĉar vi asertas, ke sub nia ĉambro troviĝas kripto!

LINA: Ne mi, la arkeologoj diris...

GUSTAV: (kolere) - La arkeologoj povas diri, ke ĉi tie ne kripto, sed maŭzoleo troviĝas! Se mi aŭskultus vin kaj viajn arkeologojn, mi devas alvoki ĉi tien ne vian oĉjon Karlon kun sia pioĉo, sed dragilojn kaj fosmaŝinojn! Ne! Al neniu mi permesos fosi en mia loĝejo! Mia loĝejo - mia reĝejo, kiel diras la angloj! ĉi tie nur mi havas rajton fosi; sub la lito, sub la vestoŝranko kaj kiel ajn. Nek al arkeologoj, nek al via oĉjo Karlo mi permesos fosi en mia loĝejo!

LINA: La loĝejo estas ankaŭ la mia.


(Dum Gustav kaj Lina dialogas, oĉjo Karlo trankvile fosas en la truo, sed Gustav iras al la truo, prenas la ŝovelilon kaj komencas plenigi la truon per grundo.

구스타브: 물론 고고학자들이지. 하지만 장소가 바뀐 토굴에 관해 들었지요.
리나: (비꼬듯) 움직이는 토굴에 관해 들었나요?

구스타브: 아니요. 이사하는 것에 관해! 오늘 토굴이 여기라면, 내일은 침대 아래서 토굴을 사람들이 보고, 모레는 옷장 아래서….
리나: 구스타브, 혹시 당신 미치지 않았나요?
구스타브: 어쩌다 당신이 미쳤네요. 우리 방 아래 토굴이 발견되었다고 확신하니까.
리나: 내가 아니라 고고학자들이 말했어요.

구스타브: (화를 내며) 고고학자들은 여기에 토굴이 아니라 왕의 무덤이 발견되었다고 말할 수 있어요. 당신과 고고학자의 말을 내가 들었다면, 나는 여기에 곡괭이를 가진 카를로 아저씨가 아니라 준설기와 굴착기를 불러야 했을 텐데…. 아니요. 누구라도 내 집을 파도록 놔두지 않을 것이요. 내 집은 영국 사람이 말한 것처럼, 내 왕국이요! 여기에 오직 나만이 침대 밑이든 옷장 밑이든 어디든 팔 권리가 있어요. 고고학자에게도, 카를로 아저씨에게도 나는 내 집을 파라고 허락할 수 없어요.
리나: 집은 내 것도 되지요.

(구스타브와 리나가 티격태격하는 동안 카를로 아저씨는 조용히 구멍에서 파고 있다. 하지만 구스타브는 구멍으로 가서 삽을 들고 흙으로 구멍을 메우기 시작한다.

Oĉjo Karlo furiozita eliras el la truo.)

KARLO: Kion vi faras?! Vi ruinigos la kripton!
GUSTAV: Mi bezonas nek kriptojn, nek maŭzoleojn!
KARLO: Vi ne bezonas, sed nia ŝtato bezonas! Ĉu tia patrioto vi estas? Ĉu vi scias nia ŝtato kiom da rimedoj elspezas por la monumentoj?! Vi meritas tuj ekstari antaŭ la tribunalon. Barbaro! Vandalo! La fremdlandanoj volas ekkoni nian gloran pasintecon, kaj ni mem ne zorgas pri ĝi. Ĉu vi scias kiom da turistoj dezirus vidi tiun ĉi unikan kripton?! Kaj nun vi neniigas tutan nacian trezoron!
GUSTAV: La kripto ne estas hungara, sed bizanca.
KARLO: Ne gravas! Gravas sur kies teritorio ĝi troviĝas. Spite, ni devas pli zorgi pri la bizancaj monumentoj, por ke ankaŭ la bizancanoj zorgu pri niaj monumentoj! Kia vandalo vi estas! Vi aspektas kultura homo, ja ĵus vi revenis el Parizo.
GUSTAV: En mia loĝejo kripto ne estas!
KARLO: Estas, estas! La arkeologoj diris!
GUSTAV: De kie ili scias?!
KARLO: Ĉion ili scias!

화가 난 카를로 아저씨는 구멍에서 나온다)

카를로: 무엇을 하나요? 토굴을 망가뜨릴 건가요?
구스타브: 나는 토굴도, 왕의 무덤도 필요치 않아요.
카를로: 당신은 필요하지 않겠지만, 우리나라는 필요해요. 당신은 애국자죠? 우리나라가 기념품 판매를 위해 얼마나 많은 방법을 동원하며 애를 쓰는지 알고 있지요? 금세 재판정 앞에 설 만해요! 야만인이요, 오랑캐 같으니까요! 외국인들은 우리의 영광스러운 과거를 알기 원한다고요. 그런데 우리 스스로 그것을 관리하지 않아요. 얼마나 많은 관광객이 이 특이한 토굴을 보기 원하는지 알고 있나요? 그런데 지금 우리나라의 보물을 무효로 만들고 있어요.
구스타브: 토굴은 헝가리 것이 아니라 비잔티움의 것이에요.
카를로: 그건 중요하지 않아요, 누구 땅에서 발견되었느냐가 중요해요! 그런데도 비잔티움 사람들이 우리 기념물을 잘 돌보도록 비잔티움 기념물을 더 잘 돌봐야 해요. 그러니 당신의 사고방식은 얼마나 오랑캐 같은지! 당신의 겉모습은 정말 방금 파리에서 돌아온 문화인처럼 보이지만….

구스타브: 내 집에 토굴은 없어요.
카를로: 있어요, 있어! 고고학자들이 말했어요!
구스타브: 고고학자들은 그걸 어디서 알았나요?
카를로: 고고학자들은 모든 걸 알아요!

GUSTAV: De kie, de kie?!

KARLO: De la grandaj libroj.

GUSTAV: Neniu scias kio estas sub la tero!

KARLO: Oni ĉion scias! Heinrich Schliemann tralegis Iliadon kaj trovis tutan urbon, Trojon, kaj niaj arkeologoj ne trovu unu kripton! Kion vi opinias pri niaj arkeologoj? Ankaŭ ili povas legi! Se vi havas ŝancon, ne kripto, sed urbo povas esti sub via ĉambro.

GUSTAV: (krias) -Ne! Mi ne permesas! Se sub mia ĉambro estos urbo tiam tuta armeo da fosistoj venos ĉi tien!

KARLO: Ĉu vi pensas, ke mi sola ne kapablas prifosi tutan urbon?! Se mi povas prifosi kripton, ankaŭ urbon mi prifosos!

GUSTAV: Ne! Mi ne permesas!Plu mi ne deziras vidi vin en mia loĝejo! For!

KARLO: Mia labortempo ankoraŭ ne finiĝis.

GUSTAV: Ĉu?!

KARLO: Jes. Mi laboras de la oka ĝis la kvina.

GUSTAV: Ĝis la kvina? Nun estas apenaŭ la dua.

KARLO: La arkeologoj diris, ke se mi ne estas laca, mi rajtas plu labori.

GUSTAV: Ĉu, eĉ plu labori?!

KARLO: Kompreneble, la arkeologia laboro estas delikata. Oni devas atente, malrapide prifosi.

구스타브: 어디서? 어디서?

카를로: 커다란 책에서.

구스타브: 땅 밑에 무엇이 있는지는, 아무도 몰라요.

카를로: 모든 걸 알아요. 하인리히 슈리에만은 일리아드를 읽고 트로이의 모든 도시를 발견했어요. 그런데 우리 고고학자들은 토굴 하나 발견하지 못했어! 우리 고고학자를 어떻게 생각하나요?

우리 고고학자들도 읽을 수 있어요. 당신에게 행운이 따르면, 토굴이 아니라 도시가 당신 방 아래 있을 수 있다고요.

구스타브: (소리친다) 아니요! 허락하지 않습니다! 내 방 아래 도시가 있다면, 그때는 채굴자들이 군대를 지어 여기에 와야 한다고요!

카를로: 당신은 나 혼자 모든 도시를 팔 수 없다고 생각하나요? 내가 토굴을 팔 수 있다면 도시도 팔 것입니다.

구스타브: 아니요, 나는 허락하지 않습니다! 내 집에서 더는 아저씨를 보고 싶지 않아요! 가세요!

카를로: 내 근무 시간은 아직 끝나지 않았어요!

구스타브: 뭐라고요?

카를로: 예, 나는 8시부터 5시까지 일합니다.

구스타브: 5시까지요? 지금 2시 다 됐네요.

카를로: 고고학자들은 내가 피곤치 않다면 더 일해도 된다고 말했어요.

구스타브: 더 일한다고요?

카를로: 물론, 고고학자의 일은 섬세해요. 조심조심 천천히 파야 해요.

Imagu, se mi rompus iun kranion, kion okazos poste?

(Gustav nevole palpas per mano sian kapon.)

GUSTAV: Min ne interesas kiom da kranioj vi rompos. Tuj forlasu mian loĝejon, ĉar mi rompos vian kranion!

KARLO: Vi ne rajtas forpeli min de mia laborloko.

GUSTAV: For de mia loĝejo!

LINA: (ironie) – Gustav, ĉu laŭ vi tiu ĉi estas loĝejo? Nur ĉambro, kuirejo kaj banejo.

GUSTAV: (al Lina) – Jes, por vi ĝi neniam estis loĝejo. Mi tre bone scias, ke vi ĉiam deziris havi dekĉambran loĝejon, sed bedaŭrinde ni ne havas, kaj neniam ni havos dekĉambran loĝejon. Kion vi imagas? Kion vi deziras? Kial vi neniam estas kontenta?

LINA: (ironie) – Jes, mi estas ege kontenta. Viaj kolegoj kaj amikoj havas kvar-kvinĉambrajn loĝejojn, kaj ni loĝas en ĉambro, kuirejo kaj banejo

GUSTAV: Kaj kamero!

LINA: Jes, dek jarojn jam ni loĝas en ĉambro, banejo, kuirejo kaj kamero, sur teretaĝo!

생각해 봐요, 내가 어떤 두개골을 부순다면 나중에 무슨 일이 일어나겠소?

(구스타브는 의도하지 않게 손으로 자신의 머리를 만진다)

구스타브: 아저씨가 얼마나 많은 두개골을 부수든, 나는 흥미 없습니다! 곧 내 집을 나가세요! 내가 아저씨 두개골을 부수고 말 테니까!

카를로: 내 일터에서 나를 쫓아낼 권리는 없어요!

구스타브: 내 집에서 멀리 가세요!
리나: (비꼬듯) 구스타브, 당신에겐 이것이 집인가요? 단지 방, 부엌, 욕실만 있어요.

구스타브: (리나에게) 그래요, 당신에겐 절대 집이 아니지요! 나는 당신이 항상 방 열 개 있는 집을 원하는 걸 아주 잘 알아요. 하지만 유감스럽게도 우리는 갖고 있지 않고, 절대 방 열 개 딸린 집을 가질 수 없어요. 당신은 무엇을 상상하나요? 무엇을 원하나요? 왜 당신은 절대 만족하지 않나요?

리나: (비꼬듯) 그래요, 나는 아주 크게 만족해요! 당신의 동료와 친구들은 방이 네 개, 다섯 개 딸린 집을 가지고 있는데, 우리는 방, 부엌, 욕실이 다인 집에서 살아요.

Dek jarojn jam mi povas inviti en mian hejmon nek koleginon, nek amikinon, nek parencon!

GUSTAV: Kaj nun bonvolu inviti la tutan urbon, ĉar vi havos en via dormoĉambro bizancan kripton! Bonvolu tage kaj nokte inviti en nian dormoĉambron ĉiujn viajn koleginojn, amikinojn, parencojn, por ke ili observu vian unikan kripton, kaj mi kuŝos en la kripto kiel mumio, kune kun la bizancaj mortintoj, same kiel muzea eksponaĵo!

LINA: Ba! Tiam ni havos alien loĝejon.

GUSTAV: (ironie) – Ĉu el la takso de la enirbiletoj vi aĉetos novan loĝejon?

LINA: Ni ne aĉetos, sed ni ricevos. Se la kripto estos ĉi tie, oni donos al ni novan loĝejon.

GUSTAV: Ĉu ankaŭ tion vi sonĝis, aŭ via oĉjo Karlo diris tion al vi?

KARLO: Ne miksu min en vian familian disputon.

LINA: Lasu jam oĉjon Karlon trankvile prifosi!

GUSTAV: Kaj se ĉi tie ne estos kripto, kio okazos?

LINA: (kategorie) – Ĉi tie devas esti kripto!
GUSTAV: Kaj se ne?

LINA: Tiam oĉjo Karlo masonos al ni kripton!
GUSTAV: Ĉu ĉi tie, en la ĉambro?

LINA: Jes!

GUSTAV: Ĉu bizancan?

10년간 여태껏 난 우리 집에 여자 동료나 여자친구나 친척을 초대해본 적이 없다고요!

구스타브: 그럼, 이제 모든 도시를 초대하세요, 침실에 비잔티움 토굴을 갖게 될 테니까! 우리 침실에서 밤이나 낮이나 당신의 독특한 토굴을 살피도록 당신의 여자 동료, 여자친구, 친척을 초대하세요. 나는 박물관 전시품과 똑같이 비잔티움의 죽은 자들과 함께 미라처럼 토굴에 누워 있을게요.

리나: 그때 우린 다른 집을 가질 거예요.

구스타브: (비꼬듯) 입장권 요금으로 당신은 새집을 사겠네요.

리나: 사지 않고 받을 거예요. 토굴이 여기에 있을 것이고, 사람들이 우리에게 새집을 줄 거예요.

구스타브: 그것도 당신이 꿈꾸었나요? 아니면 카를로 아저씨가 그렇게 말해 준 건가요?

카를로: 부부싸움에 나를 끼우지 마세요!

리나: 카를로 아저씨가 조용히 땅을 파도록 놔두세요.

구스타브: 여기에 토굴이 없다면, 무슨 일이 생기나요?

리나: (단호하게) 여기에 토굴이 반드시 있어요!

구스타브: 만약 아니라면?

리나: 그땐 카를로 아저씨가 우리에게 토굴을 만들어 줄 거예요.

구스타브: 여기, 방에?

리나: 예!

구스타브: 비잔티움 시대의?

**LINA:** Jes, bizancan! Oĉjo Karlo scias kiel aspektas la bizancaj kriptoj. Ĉu ne, oĉjo Karlo?

**KARLO:** Ho, tio estas facila afero. Kiom da bizancaj kriptoj mi vidis! Se vi aĉetus la konstrumaterialojn, ne unu, sed du kriptojn vi havos, kaj Dio kredu min, por vi, sinjorino, mi ne petos tro da mono por la laboro.

**GUSTAV:** Kiom da ĝi kostos?

**KARLO:** Pli malmulte ol nova loĝejo, ĉar kompreneble kripton vi pli rapide havos ol novan loĝejon.

**GUSTAV:** Koran dankon! Mi ne intencas ankoraŭ morti, kaj mi ne bezonas bizancan kripton!

**LINA:** (preskaŭ plore) – Sed mi bezonas, bezonas... Oni havas kvar-kvinĉambrajn loĝejojn, vilaojn, privatajn taksiojn, privatajn teatrojn, privatajn zooparkojn, kaj mi eĉ unu bizancan kripton ne havu! Kiel malfeliĉa mi estas! Kiam mi decidis edziniĝi al vi, tiam panjo bone diris, ke mi ne iĝu via edzino, sed tiam mi estis stulta kaj mi ne aŭskultis ŝin. Tute mallerta vi estas! Oni konstruas domojn, vilaojn, kaj vi ne volas konstrui eĉ unu bizancan kripton!

**GUSTAV:** Sed kara Lina, mi petas vin, trankviliĝu. Tio ĉi ne estas tiel facila afero.

리나: 예, 비잔티움 시대의! 카를로 아저씨는 비잔티움 시대 토굴이 어떻게 생겼는지 알아요, 그렇지 않나요, 카를로 아저씨?

카를로: 아, 그것은 쉬운 일이에요! 얼마나 많은 비잔티움 토굴을 내가 봤는데! 건축 재료만 산다면, 토굴 하나가 아니라 두 개라도 가질 수 있어요. 나를 믿으세요, 아주머니를 위해 작업비로 많은 돈을 요구하지 않을 겁니다.
구스타브: 돈이 얼마나 드나요?
카를로: 새집보다 훨씬 적어요. 당연히 토굴은 새집보다 더 빨리 가질 수 있으니까.

구스타브: 아주 감사합니다만, 나도 아직 죽고 싶지 않고, 비잔티움 시대 토굴도 필요치 않아요.
리나: (거의 울 듯) 하지만 나는 필요해요! 사람들은 네 개, 다섯 개짜리 방이 딸린 집이나 빌라에다 개인 자가용, 개인극장, 개인 동물원도 가지고 산다고요! 나는 비잔티움 토굴 하나 가지고 있지 않아요. 난 너무 불행하다고요! 당신과 결혼하려고 마음먹었을 때, 엄마는 내게 당신 아내가 되지 말라고 타일렀는데, 그땐 내가 어리석어서 그 말씀을 듣지 않았어요. 정말 당신은 무능해요! 사람들은 집, 빌라를 짓는데 당신은 비잔티움 토굴조차 짓고 싶어 하지 않아요.

구스타브: 사랑하는 리나, 제발 진정해요! 이것은 그리 쉬운 일이 아니에요.

Unue ni devas peti permeson de la urba konsilio, por ke ni konstruu en nia ĉambro bizancan kripton, kaj vi tre bone scias, ke en la konsilio ni ne havas protektanton.

LINA: Mi tre bone scias, ke nenie vi havas protektantojn, sed ĉiam vi tre lerte trovas pretekstojn por senkulpigi vian mallaboremon!

GUSTAV: Krom tio mi eĉ ne scias kiel aspektas bizanca kripto. Ncniam mi vidis bizancan kripton.

LINA: Oĉjo Karlo helpos vin. Vi aŭdis, ke multajn bizancajn kriptojn li vidis.

GUSTAV: Bone, ni diru, ke ni konstruos ĉi tie la kripton, sed ĉu vi scias kiom da zorgoj ni havas kun nia bizanca kripto?

LINA: Kial?

GUSTAV: Kial! Ĉar tage kaj nokte ni devas gardi ĝin kiel niajn okulojn! Unue ni devas asekuri ĝin. Due ni devas fari por ĝi la plej modernan alarman instalaĵon, ĉar la ŝtelistoj de artaĵoj ne dormas. Se ili aŭdus, ke ni posedas bizancan kripton, ili tuj ŝtelos ĝin, eĉ nin ili murdus. Poste ili trankvile prenos la kripton, kaj nek en Greklando, nek Madagaskaro oni ne trovos ĝin!

LINA: Jes, mi ĉiam sciis, ke vi estas timema kiel leporo.

첫째 우리 방에 비잔티움 시대의 토굴을 지으려면 도시 위원회 허락을 받아야만 해요. 그리고 도시 위원회에는 우리 인맥이 없다는 걸 당신은 잘 알잖아요.

리나: 당신은 어디에도 인맥이 없다는 걸 아주 잘 알아요. 하지만 당신의 게으름을 변명하려고 아주 능숙하게 핑곗거리를 찾죠, 당신은 항상.

구스타브: 게다가 나는 비잔티움 시대 토굴이 어떻게 생겼는지 전혀 알지 못해요. 비잔티움 토굴을 한 번도 본 적이 없어요.

리나: 카를로 아저씨가 도와주실 거예요. 그가 비잔티움 시대의 토굴을 많이 봤다고 하는 말을 들었잖아요!

구스타브: 좋아요. 여기에 토굴을 건축한다고 칩시다. 그러나 우리가 비잔티움 시대의 토굴을 얼마나 잘 돌보아야 하는지 아나요?

리나: 왜요?

구스타브: 왜라고? 밤낮으로 우리의 눈으로 그것을 지켜야만 하니까. 첫째 거기에 보험을 들어야 해요. 둘째, 그것을 위해 현대적인 경보장치를 설치해야만 해요. 예술품 도굴꾼들은 자지 않으니까. 만약 우리가 비잔티움 시대의 토굴을 가지고 있다는 것을 들으면, 도굴꾼들이 곧 들이닥쳐 훔쳐 갈 거예요. 우리를 죽일지도 몰라요. 나중에 도굴꾼들은 편안하게 토굴을 가져갈 거예요. 그리스에서도, 마다가스카르에서도 그것을 발견할 수 없을 거예요.

리나: 그래요, 나는 당신이 항상 토끼처럼 두려워하는 성격이란 걸 잘 알아요.

**GUSTAV**: Bone, sed ni logike analizu la problemon de ĉiuj flankoj. Se ni konstruus la bizacan kripton, de kie ni trovos bizancajn kraniojn. Vi aŭdis, ke oĉjo Karlo diris, ke necesas ankaŭ kranioj.

**KARLO**: Tio ĉi estas facila afero. Se vi bone pagus, cent bizancajn kraniojn mi liveros al vi.

**GUSTAV**: De kie?

**KARLO**: Mia bona amiko estas pordisto en la muzeo.

**GUSTAV**: Oĉjo Karlo, se ĉion vi tiamaniere liveras, anstataŭ en novan loĝejon, ni baldaŭ triope transloĝiĝos en la malliberejon.

**LINA**: (preskaŭ plore) Gustav, kia pesimisto kaj timulo vi estas! Tial dek jarojn jam nenion vi entreprenis, kaj dek jarojn jam ni loĝas en tiu ĉi mizera unuĉambra loĝejo. Mi deziras kripton, bizancan kripton mi deziras!

**GUSTAV**: Kara Lina, trankviliĝu, ne ploru. Ĉio estos en ordo. Vi havos la plej belan bizancan kripton. Nun venu vidi kion mi portis al vi el Parizo.

**LINA**: Kion vi portis, ĉu kripton?

**GUSTAV**: Viŝu viajn dolĉajn larmojn kaj vidu.

구스타브: 좋아요. 하지만 우리는 모든 측면에서 문제를 논리적으로 분석해봅시다. 우리가 비잔티움 시대 토굴을 건축한다면, 어디서 비잔티움 시대 두개골을 구할까요? 카를로 아저씨가 말하기를 두개골도 있어야 하는 걸 당신은 들었죠?

카를로: 그건 쉬운 일이에요, 돈만 잘 낸다면 두개골을 백 개라도 내가 가져다줄 거요.
구스타브: 어디에서요?
카를로: 내 친한 친구가 박물관 수위거든요.

구스타브: 카를로 아저씨, 그런 식으로 모든 걸 가져온다면, 새로운 집이 아니라 우리 셋은 금세 감옥에 갈 거예요.

리나: (거의 울 듯) 구스타브, 당신은 정말 비관적이고 겁쟁이예요. 그래서 10년간 당신은 아무것도 시작하지 않았고, 10년째 이 비참한 방 한 칸짜리 집에서 살고 있다고요! 나는 토굴, 비잔티움 시대 토굴을 원해요!

구스타브: 사랑하는 리나, 조용해요! 울지 마요! 모든 것이 잘 될 거예요. 당신은 가장 멋진 비잔티움 시대의 토굴을 갖게 될 거예요. 지금 내가 파리에서 무얼 가져왔는지 와서 봐요.
리나: 무엇을 가지고 왔나요? 토굴을?

구스타브: 당신의 달콤한 눈물을 닦고 봐요.

(Gustav malfermas la pli grandan valizon kaj prenas el ĝi ĉinan porcelanan tetasazon.)

**LINA:** Aĥ, belega! Kara Gustav, ĝuste pri tia servico mi revis. Kiel bele ĝi aspektos en nia nova loĝejo!
**GUSTAV:** (diras al si mem) La fiŝo ankoraŭ estas en la maro, la kripto ankoraŭ estas sub la tero, kaj ŝi jam preparas la ĉinan servicon por la nova loĝejo.

(Lina kisas Gustavon. Oĉjo Karlo proksimiĝas al ili, kaj kritike observas la servicon.)

**KARLO:** Kiom ĝi kostas?
**GUSTAV:** Sescent frankojn.
**KARLO:** Ĉu sescent forintojn?
**GUSTAV:** Ne, tri mil tricent forintojn.
**KARLO:** Ĉu tri mil tricent forintojn vi donis por tiuj ĉi teleroj kaj tasoj?! Aĥ, ankoraŭ estas stultuloj en la mondo. Oni veturas al Parizo por aĉeti por tri mil tricent forintoj kelkajn telerojn kaj tasojn, kiam en niaj vendejoj oni povas aĉeti eĉ pli belajn kaj pli malmultekostajn.
**GUSTAV:** (al oĉjo Karlo) Ĉu ne estos pli bone, se vi laborus kaj ne parolus?

(구스타브는 더 큰 여행 가방을 열고 거기서 중국 자기로 된 찻잔을 꺼낸다)

리나: 아! 멋져요! 사랑하는 구스타브! 난 바로 그런 식기를 꿈꿨어요. 우리 새집에 두면 정말 아름답게 보일 거예요.

구스타브: (혼잣말한다) 물고기는 아직 바다에 있고, 토굴은 아직 땅 밑에 있어. 그녀는 벌써 새집 살림으로 중국 식기를 준비하는군.

(리나는 구스타브에게 입맞춤한다. 카를로 아저씨는 그들에게 다가가 실눈을 뜨고 식기를 살핀다)

카를로: 얼마짜리인가요?
구스타브: 600프랑이요.
카를로: 600포린트요?
구스타브: 아니요, 3300포린트요.

카를로: 이 접시와 잔을 사려고 3300포린트를 줬다고요? 아이고! 세상에는 아직도 바보가 있네요! 우리 가게에서 더 예쁘고, 더 값싼 물건을 살 수 있는데, 3300포린트를 주고 접시와 잔 몇 개를 사러 파리로 여행을 가네요!

구스타브: (카를로 아저씨에게) 일하시고 말은 하지 않는 편이 더 좋지 않을까요?

KARLO: Bone, bone, en via familia budĝeto mi ne miksiĝos.

(Oĉjo Karlo iras kaj daŭrigas la prifosadon.)

GUSTAV: Kaj nun, kion ankoraŭ mi portis por mia dolĉa katineto?
LINA: Kion? Kion?
GUSTAV: Divenu.

(Oĉjo Karlo levas kapon el la truo.)

KARLO; Diru jam al la sinjorino. Vi estas serioza viro ne infano.

(Gustav kvazaŭ ne aŭdas lin, kaj elprenas el la valizo japanan kimonon.)

GUSTAV: (solene) Kimonon.
KARLO: Ĉu vi estis en Parizo, aŭ en Pekino kaj Tokio? Ĉina servico, japana kimono.
LINA: Bonega! Tuj mi survestos ĝin.

(Lina preparas sin por demeti sian bluzon, sed Gustav severe fiksrigardas ŝin.)

카를로: 좋아요, 알았어요. 당신네 가정 살림에 개입하지 않을게요!

(카를로 아저씨는 가서 땅파기를 계속한다)

구스타브: 사랑스러운 당신을 위해 뭘 더 가지고 왔을까요?
리나: 뭘요? 뭘?
구스타브: 알아맞혀 봐요!

(카를로 아저씨는 구멍에서 머리를 내민다)

카를로: 아주머니에게 말해요, 당신은 어린이가 아니라 진지한 사람이죠.

(구스타브는 마치 그 소리를 듣지 않은 것처럼, 가방에서 일본 기모노를 꺼낸다)

구스타브: (엄숙하게) 기모노!
카를로: 당신은 파리에 있었나요, 아니면 북경이나 도쿄에? 중국 식기 세트에 일본 기모노까지!

리나: 아주 좋아요, 빨리 입어볼게요!

(리나는 블라우스를 벗으려 하지만, 구스타브는 엄한 눈으로 그녀에게 눈총을 준다)

GUSTAV: Lina, ni ne estas solaj.

LINA: Aĥ, oĉjo Karlo, sed li prifosas.

GUSTAV: Jes, li prifosas kaj rigardas.

LINA: Bone, bone, en tiu ĉi malvasta loĝejo oni eĉ ne povas malvestiĝi, mi iros en la banejon.

(Lina eliras. Gustav kaj oĉjo Karlo restas solaj en la ĉambro. Gustav proksimiĝas al oĉjo Karlo, kaj proponas al li cigaredon. Ili ambaŭ ekfumas cigaredon.)

GUSTAV: (amike) Oĉjo Karlo, kion vi opinias, kiom da tagoj vi devas fosi ankoraŭ, por ke vi trovu tiun ĉi malbenitan kripton?

KARLO: Nur la bona Dio scias. Dependas de la kripto. Monatojn aŭ povas esti jarojn.

GUSTAV: Ĉu jarojn?

KARLO: Kompreneble. Mi ne konstruas nuntempan betonloĝejon – unu, du kaj preta. Mi prifosas bizancan kripton, kion vi pensas?

GUSTAV: Tamen se hazarde ĝi ne troviĝas ĉi tie, sed, ni diru, sub la kuirejo, aŭ sub la banejo.

KARLO: Ni serĉos ĝin, ĝis ni trovos ĝin! Ĝi ne povas kaŝi sin de ni. Ni prifosos kaj prifosos ĝis ni trovos ĝin.

구스타브: 리나, 우리만 있는 게 아니에요.

리나: 아, 카를로 아저씨! 그분은 땅을 파고 있잖아요.

구스타브: 그래요, 그는 땅을 파면서 힐끔힐끔 보고 있다고요.

리나: 알았어요, 좋아요. 이 좁은 집에선 옷을 벗을 수도 없다니까요. 욕실로 갈게요!

(리나는 나가고, 구스타브와 카를로 아저씨는 방에 남는다. 구스타브는 카를로 아저씨에게 다가가 담배를 권한다. 둘은 같이 담배를 피운다)

구스타브: (다정하게) 카를로 아저씨, 이 빌어먹을 토굴을 발굴하려면 아직 며칠이나 더 파야 하나요?

카를로: 오직 좋으신 하나님만 아시죠! 토굴에 따라 달라요.

한 달이나 몇 년이 걸릴 수도 있어요.

구스타브: 몇 년이요?

카를로: 물론이죠, 지금 나는 금세 몇 층 올리는 현대식 콘크리트 집을 짓는 게 아니에요, 비잔티움 시대 토굴을 파고 있어요. 무슨 생각이죠?

구스타브: 하지만 여기서 혹시라도 발견되지 않는다면, 부엌 아래나 욕실 아래, 라고 말해요.

카를로: 우리는 찾을 겁니다. 토굴을 발굴할 때까지! 그건 숨을 수 없습니다. 우리는 파고, 파고, 발굴할 때까지 계속 팔 것입니다.

GUSTAV: Jes, tio tre plaĉas al mi, vi estas obstina, laborema kaj energia viro, sed ĉu hodiaŭ vi ne povus iom pli frue fini la laboron?

KARLO: Kion? Ĉu pli frue fini la laboron? Ĉu tiel vi faras? Ĉu vi trompas viajn ĉefojn? Nun mi komprenas kial vi du tagojn pli frue revenis el Parizo. Viaj ĉefoj pensas, ke nun vi estas en Parizo, kaj vi kuŝas hejme. Aĥa-a! Kion vi laboras?

GUSTAV: Mi estas elektronika ingeniero.

KARLO: Tial ni ne havas elektronikon, ĉar ni sendas eksterlanden inĝenierojn, kiuj aĉetas telerojn kaj robojn por sia edzino, kaj du tagojn pli frue ili revenas.

GUSTAV: (ridetas) Ne estas ĝuste tiel.

KARLO: Tiel, tiel estas, ĉar neniu interesiĝas kiam elektronika inĝeniero revenas el Parizo, sed se mi du horojn pli frue finus la labortagon, la arkeologoj tuj tranĉos el mia salajro.

GUSTAV: Sed oĉjo Karlo, neniu ekscios, ke vi pli frue foriris hodiaŭ.

KARLO: Ne! Oĉjo Karlo ne mensogas! Oĉjo Karlo estas honesta homo kaj laboristo.

GUSTAV: Bone, oĉjo Karlo. Kiom vi salajras por unu horo?

KARLO: Mi jam diris - tridek forintojn.

구스타브: 예, 아주 마음에 들어요. 아저씨는 의지가 강하고 일하려고 하는 힘이 넘치는 남자입니다. 하지만 오늘은 조금 일찍 일을 끝낼 수 없나요?

카를로: 뭐라고요? 일을 조금 빨리 끝내라고요? 당신은 그런 식으로 일을 합니까? 당신은 상관을 속입니까? 이제 당신이 이틀이나 빨리 파리에서 돌아온 이유를 알았어요. 당신 상관은 지금 당신이 파리에 있는 줄 아는데, 당신은 집에 누워 있네요. 아! 무슨 일을 하나요?

구스타브: 전기기술잡니다.

카를로: 그래서 나라에 우리 전기가 부족하군요. 외국으로 기술자를 보내서 말이죠. 그 기술자는 아내를 위해 접시와 옷을 사고 이틀이나 먼저 돌아왔고요.

구스타브: (작게 웃으며) 정확히 그렇지는 않아요.

카를로: 그렇지 않긴 뭐가 그렇지 않아요? 전기기술자가 파리에서 돌아왔는데, 아무도 관심이 없다니, 원! 내가 2시간 일찍 일을 끝내면, 고고학자는 바로 내 급여를 자를 것입니다.

구스타브: 하지만 카를로 아저씨, 아무도 오늘 조금 일찍 퇴근한 걸 알 수 없잖아요.

카를로: 아니요, 카를로 아저씨는 거짓말을 하지 않아요. 카를로 아저씨는 정직한 사람이고, 정직한 노동자입니다.

구스타브: 좋아요, 카를로 아저씨! 1시간에 얼마 버시나요?

카를로: 이미 말했죠, 30포린트라고.

**GUSTAV:** Bone. Mi donos al vi kvardek forintojn por unu horo. Ĝis la kvina horo estas ankoraŭ du horoj, po kvardek forintoj, tio estas okdek forintoj.

**KARLO:** Kaj por la kromhoroj?

**GUSTAV:** Por kiuj kromhoroj?

**KARLO:** Hodiaŭ mi decidis kromlabori.

**GUSTAV:** Kiom da horoj vi decidis plu labori hodiaŭ?

**KARLO:** Almenaŭ ĝis la oka.

**GUSTAV:** Ĉu ĝis la oka?

**KARLO:** Se mi havas inspiron, povas esti ĝis la naŭa.

**GUSTAV:** Ĝis la naŭa! Bone. Ankoraŭ kvar horoj po kvardek forintoj, tio estas cent sesdek forintoj. Vi ricevos entute ducent kvardek forintojn.

**KARLO:** Ne!

**GUSTAV:** Sed kial?

**KARLO:** Vi ne povas subaĉeti min! Ĉu vi, la elektronikaj inĝenieroj, tiel kutimas? Se vi ne povas ion fari, vi aĉetas ĝin, aŭ vi subaĉetas aliajn, ke ili faru ĝin. Pagu, kaj ĉio estos en ordo, ĉu? Pagu la laboron, pagu la kulturon, pagu la amon!

구스타브: 좋습니다, 제가 1시간에 40포린트 드릴게요, 5시까지는 아직 2시간 남았으니까 40포린트씩 계산하면 80포린트네요.

카를로: 그럼 초과시간은요?
구스타브: 무슨 초과시간이요?

카를로: 오늘 난 초과해서 일하기로 마음먹었거든요.
구스타브: 오늘 몇 시간이나 더 일하려고 했나요?

카를로: 적어도 8시까지는….
구스타브: 8시까지요?

카를로: 감동이 오면 9시까지도 있을 수 있어요.
구스타브: 9시까지요? 알았어요! 40포린트씩 4시간, 그럼 160포린트네요. 합쳐서 240포린트 드릴게요.

카를로: 아닙니다!
구스타브: 왜요?

카를로: 나를 매수할 수는 없어요! 전기기사는 평소 그렇게 하나요? 무언가를 할 수 없다면 그걸 사거나 그것이 되게 하려고 다른 것을 사네요. 돈만 내면 모든 게 잘 되네요, 그렇지요? 일에 돈 내고, 문화에 돈 내고, 사랑에 돈 내고!

Tial ni havas nek elektronikon, nek kulturon, nek amon, eĉ bizancajn kriptojn ni ne havas, ĉar ĉie nur junuloj laboras, kaj la maljunuloj sidu hejme, ĉu?

GUSTAV: Ocjo Karlo, ni lasu tion, kaj ni parolu kiel viro kun viro. Vi komprenas min, ankaŭ vi estas viro.

KARLO: Pri mi, mi certas, sed pri aliaj, ĉu ili estas viroj – mi ne scias. Mi ne kutimas esplori ilin.

GUSTAV: Oĉjo Karlo, ankaŭ vi havas edzinon.

KARLO: (suspekte) – Kial vi interesiĝas pri mia edzino?

GUSTAV: Ne pri via edzino temas, sed pri mia. Vi komprenas, ĉu ne, du semajnojn mi ne vidis ŝin.

KARLO: Ĉu du semajnojn vi ne vidis mian edzinon?

GUSTAV: Ne la vian, la mian.

KARLO: Tiam rigardu ŝin, kiu malhelpas vin?

GUSTAV: Sed ne estas oportune, ankaŭ vi estas ĉi tie.

KARLO: Kio okazus, se ni ambaŭ rigardos ŝin?

GUSTAV: Ne temas pri tio.

KARLO: Aħ-a, mi komprenas. Kial vi ne diris pli frue?

그래서 우리는 전기도, 문화도, 사랑도 가질 수 없고, 비잔티움 시대 토굴도 가질 수 없어요. 모든 곳에서 젊은이는 일하고 늙은이는 집에 가만 앉아 있으니까, 그렇죠?

구스타브: 카를로 아저씨, 맘대로 하세요! 남자 대 남자로 말할게요. 아저씨도 남자니까 나를 좀 이해해 주세요.
카를로: 나는 내가 남잔 걸 확신해요. 하지만 다른 이들은 그들이 남자인지 아닌지 알지 못해요. 나는 그들을 뒷조사하는 습관이 없거든요.

구스타브: 카를로 아저씨, 아저씨도 부인이 있잖아요?
카를로: (의심하며) 왜 내 아내에게 관심이 있나요?

구스타브: 아저씨 부인이 주제가 아니라 내 아내 말입니다, 이해하시죠? 2주 동안이나 난 그녀를 보지 못했다고요.
카를로: 2주간 내 아내를 보지 못했지요?

구스타브: 아저씨 부인이 아니라 내 아내요!
카를로: 당신 부인을 보세요, 누가 못 보게 했나요?

구스타브: 하지만 기회가 없어요, 아저씨도 여기 있고요.
카를로: 우리가 같이 그녀를 본다면 무슨 일이 생기나요?
구스타브: 그 문제가 아닙니다.
카를로: 아! 알았어요! 왜 더 일찍 말하지 않았나요?

Ĉio estos en ordo; mi faras mian laboron ĉi tie, en la kripto, vi faru vian laboron tie, sur la lito.

GUSTAV: Sed ne estas oportune.

KARLO: Tre pretendema vi estas. Se por vi ne estus oportune sur la lito, venu en la kripton, kaj mi iros sur la liton.

GUSTAV: (jam kolere) Ne pri la lito temas, sed mia edzino ne kutimas malvestiĝi antaŭ alia viro.

KARLO: Jes, ŝi konscias, ke ŝi ne estas bela.

GUSTAV: (prenas la pioĉon kaj minace diras) – Sed oĉjo Karlo...

(En tiu ĉi momento Lina eniras la ĉambron, vestita en la kimono. Ŝi vidas Gustavon kun la pioĉo en manoj.)

LINA: Gustav, ĉu vi decidis helpi al oĉjo Karlo? Bonege!

GUSTAV: (embarasite) − Jes, jes, kompreneble, mi deziris helpi al li...

LINA: (montras sin) – Ĉu la kimono plaĉas al vi?

KARLO: Jes, sed ĝi estas iom longa.

GUSTAV: Ŝi demandas min, ne vin.

KARLO: Ni loĝas en demokratia lando. Ĉiu rajtas diri sian opinion.

모든 게 잘 될 거예요. 난 여기 토굴에서 내 일을 하고, 당신은 저 침대 위에서 당신 일을 하세요.

구스타브: 하지만 편치 않아요.

카를로: 변명이 너무 많군요. 침대 위가 편하지 않다면 토굴로 오세요, 내가 침대로 갈게요.

구스타브: (조금 화를 내며) 침대가 문제가 아니라 제 부인이 다른 남자 앞에서 옷 벗는 것이 익숙지 않아요.

카를로: 예, 그녀는 자기가 예쁘지 않은 걸 알아요.

(이 순간에 리나가 방으로 기모노를 입은 채 들어온다. 그녀는 손에 곡괭이를 든 구스타브를 본다)

리나: 구스타브, 카를로 아저씨를 돕기로 마음먹었나요? 아주 잘됐네요.
구스타브: (당황해서) 예, 맞아요. 물론 그를 돕기로 마음먹었어요.

리나: (자기를 가리키며) 기모노가 마음에 드나요?
카를로: 예, 하지만 조금 길어요.

구스타브: 아저씨가 아니라 제게 물었거든요!
카를로: 우리는 민주국가에 살고 있어요, 모든 사람은 자기 의견을 말할 권리가 있지요.

**LINA:** Oĉjo Karlo pravas, la kimono estas iom longa.

**GUSTAV:** Ne. Sur vi la kimono brilas.

**LINA:** Ĉar mi estas malbrila, ĉu ne? Dankon.

**GUSTAV:** Sed, Lina...

(Gustav proksimiĝas al ŝi, kaj provas ĉirkaŭbraki kaj kisi ŝin, sed Lina elŝteliĝas el liaj brakoj.)

**GUSTAV:** Lina, kio okazas? Ĉu mi jam ne povas eĉ kisi vin?

**LINA:** (rigardas al oĉjo Karlo, kaj duonvoĉe ŝi diras) Sed li rigardas...

**GUSTAV:** Ne gravas! Antaŭ kelkaj minutoj vi deziris malvestiĝi antaŭ li, kaj nun vi diras „li rigardas".

**LINA:** Sed Gustav, kial ni delogu lin de la laboro? Ni lasu lin trankvile prifosi. Ne por si mem, por ni li laboras. Li pli rapide trovu tiun ĉi kripton, kaj poste en la nova loĝejo ni havos eblecon fari ĉion kion ni deziras.

**GUSTAV:** (kolere) Vi deziras diri en la nova kripto, ĉu ne? Ne! Mi ne eltenas plu!

**LINA:** (mallaŭte) Sed Gustav, fin-fine oĉjo Karlo laboras por nia nova loĝejo, kaj ni devas esti pli afablaj al li, ĉu ne?

리나: 카를로 아저씨가 맞아요, 기모노가 조금 길어요.

구스타브: 아니오, 당신에게서 기모노가 빛이 나요.

리나: 내가 빛이 안 나서 그렇죠? 감사해요.

구스타브: 하지만 리나….

(구스타브는 그녀에게 가까이 다가가 껴안고 입맞춤하려고 한다. 하지만 리나는 그의 팔에서 슬며시 나온다)

구스타브: 리나, 무슨 일이요? 내가 당신에게 입맞춤도 할 수 없나요?

리나: (카를로 아저씨를 쳐다보며 조금 작은 소리로 말한다) 아저씨가 봐요.

구스타브: 괜찮아요. 몇 분 전엔 그 앞에서 옷을 벗으려고 했으면서, 지금은 아저씨가 봐요, 라고 말하네요.

리나: 그런데 구스타브, 왜 아저씨를 일하는 데서 나오게 했나요?

그가 편안히 땅 파도록 내버려 둬요. 자신을 위해서가 아니라 우리를 위해서 그는 일해요. 그가 더 빠르게 토굴을 발굴해야 나중에 우리가 새집에서 우리 원하는 모든 걸 할 수 있죠.

구스타브: (화를 내며) 새 토굴에서 하고 싶네요, 그렇죠?

아니요, 나는 더 참지 못해요.

리나: (작게) 하지만 구스타브, 어찌 됐건 카르로 아저씨는 우리 새집을 위해 일합니다. 우리는 그에게 더 친절해야 해요, 안 그래요?

GUSTAV: (krias) Ne! Fin-fine oĉjo Karlo detruas nian ĉambron, nian loĝejon, nian familian vivon!

KARLO: La kripto ne estas la mia, la kripto estas la via. Vi deziras loĝejon – ne mi. Mi havas duetaĝan domon, kaj mi ne loĝas, kiel vi, en ĉambro, kuirejo kaj banejo.

GUSTAV: Kaj kamero!

KARLO: Se vi deziras scii, nur de mi dependas ĉu vi havas loĝcjon aŭ ne. Se en tiu ĉi truo mi trovus bizancan kranion – vi havos loĝejon, se ne – vi restos ankoraŭ longe loĝi en tiu ĉi truo, pardonon, mi deziris diri en tiu ĉi ĉambro, kuirejo, banejo kaj kamero. Se vi daŭre ofendus min, mi ĵetos la pioĉon! Ĉu vi pensas, ke estas facile trovi fosistojn? La arkeologoj duonjaron petis min, ke mi prifosu kripton. Se mi ne estus, kiu prifosos kriptojn, ĉu vi? Estimu la fosistan klason, pardonon, mi deziris diri la laboristan klason, ĉar se ne estus kriptoj – ne estos ankaŭ loĝejoj!

GUSTAV: Alian loĝejon mi ne deziras, kaj min tute ne interesas kiu fosos kriptojn! Adiaŭ!

KARLO: Nun poste ne petu min, ke mi revenu.

GUSTAV: Mi ne bezonas vin! Adiaŭ!

구스타브: (소리친다) 아니요! 카를로 아저씨는 우리 방, 집, 우리 가정생활을 파괴해요.

카를로: 토굴은 내 것이 아니에요, 토굴은 당신 것이지요. 내가 아니라 당신들이 집을 원하지요, 나는 2층짜리 집이 있어요. 나는 당신처럼 방 한 칸에 부엌, 욕실뿐인 작은 집에서 살지 않는다고요.

구스타브: 그리고 토굴!

카를로: 당신이 더 큰 집을 가질지 아닐지는 오직 내게 달렸어요. 이 구멍에서 내가 비잔티움 시대 두개골을 발굴한다면 당신은 집을 가질 것이고, 아니라면 이 구멍에서 더 오래 살아야 합니다. 미안하지만, 이 방, 부엌, 토굴에서 오래 살고 싶나요? 계속 내 마음을 상하게 한다면, 난 곡괭이를 던져 버릴 겁니다. 땅 파는 사람 찾기가 어디 쉬운 줄 아세요? 고고학자들이 반년간 내게 토굴을 파달라고 사정했어요. 내가 하지 않으면 누가 토굴을 파겠어요? 당신이? 땅 파는 사람들을 존경하세요! 노동자 계급을 존경하시라고요! 토굴이 없다면 새집도 없을 테니까요.

구스타브: 난 다른 집을 원치 않아요. 누가 토굴을 파든 난 전혀 흥미가 없어요. 안녕히 가세요.

카를로: 잠시 후에 다시 돌아오라고 부탁이나 하지 마세요!

구스타브: 아저씨는 더 필요 없어요. 안녕히 가세요!

**KARLO**: Bone, adiaŭ, adiaŭ. Mi diros al la arkeologoj, ke en tiu ĉi familio, sub tiaj cirkonstancoj ne eblas prifosi,

**LINA**: Oĉjo Karlo, mi petas vin, ne foriru. Ne aŭskultu lin. Li ne scias kion li parolas. Mi petas vin, restu.

**KARLO**: Ne! Mi ne restos plu! Adiaŭ!

(Karlo foriras.)

**LINA**: (plore) Gustav, kial vi forpelis lin? Kial vi ofendis lin? Ankaŭ li estas homo. Ankaŭ li havas dignon. Vi tre bone komprenis, ke li prifosas la kripton por ni. Eĉ la arkeologoj aludis al mi, ke ni devas esti tre afablaj al li, ĉar se li forirus la laboro daŭros jarojn.

**GUSTAV**: Mi ne deziras aŭdi plu pri tiu ĉi laboro, kaj mi tre ĝojas, ke fin-fine li forlasis nian loĝejon.

**LINA**: (plore) Sed mi deziras havi vastan, komfortan loĝejon. Nun ni perdis tiun ĉi ŝancon por ĉiam! Solaj ni ne povas prifosi la kripton.

**GUSTAV**: Ne ploru. Se por vi tiu ĉi kripto estas tiel grava mi dungos privatulojn, kaj por du tagoj ili trafosos la tutan loĝejon.

**LINA**: Kiel naiva vi estas!

카를로: 좋아요, 안녕, 안녕히. 나는 고고학자들에게 말할 거예요. 이 집에서, 이런 상황에서 난 땅을 팔 수 없다고!

리나: 카를로 아저씨, 제발 부탁이니 가지 마세요. 남편 말을 듣지 마세요. 그는 자기가 무슨 말을 하는지 잘 몰라요. 제발 여기에 있어 주세요.

카를로: 아니요. 더 있지 않을래요. 안녕!

(카를로가 나간다)

리나: (울며) 구스타브, 왜 그분을 쫓아냈나요? 왜 그분 마음을 상하게 했나요? 그분도 사람이에요, 그분도 인권이 있어요. 그가 우리를 위해 토굴을 판다는 걸 잘 알잖아요. 고고학자들도 우리가 그에게 아주 친절하게 대해야 한다고 말했어요. 그가 떠난다면 일은 몇 년이나 지지부진할 거니까.

구스타브: 이 일에 대해 더 듣고 싶지 않아요. 마침내 그 사람이 우리 집을 떠났네요. 아이고! 좋아라.

리나: (울며) 난 넓고 편안한 집에 살고 싶어요. 지금 우리는 그 기회를 잃었어요. 우리끼리는 토굴을 팔 수가 없어요.

구스타브: 울지 마요. 당신에게 이 토굴이 그렇게 중요하다면, 내가 사람을 고용하겠어요. 이틀간이면 집을 다 팔 거예요.

리나: 당신, 참 순진하군요.

Eĉ se vi pagus milionon al privatuloj, ili ne venos fosi en nian loĝejon. La privatuloj entreprenas nur elegantan, facilan, puran laboron, neniu el ili interesiĝas pri bizancaj kriptoj. Ĉu vi pensas, ke se estus eble, la arkeologoj ne dungus pensiulojn, anstataŭ privatuloj.

GUSTAV: Ĉu via oĉjo Karlo estis pensiulo?

LINA: Kompreneble.

GUSTAV: Tio signifas, ke se li estus restinta, li dek jarojn ankoraŭ prifosos la kripton! Bonege, ke li foriris!

LINA: Ne! Ne! Oĉjo Karlo diris, ke li laboros nur ĝis la printempo.

GUSTAV: Sed nun ankoraŭ estas decembro! Bonege, ke li foriris.

LINA: Oĉjo Karlo diris, ke li havas ĝardenon, kaj printempe kaj somere li laboras en sia ĝardeno. Kial vi forpelis lin? Kial vi ne havis ankoraŭ iomete da pacienco?

GUSTAV: Ĉu ĝis la printempo?!

LINA: Jes, ĉar oĉjo Karlo nur vintre laboras en loĝejoj. Li suferas pro reŭmatismo. Kial vi forpelis lin?

GUSTAV: Ĉu nur vintre li prifosas kriptojn?

LINA: Ne. Tiu ĉi estis lia unua kripto. Kial vi forpelis lin?

당신이 일반인에게 100만 원을 준다 해도 그들은 우리 집에 토굴을 파러 오지 않을 거예요. 우아하고 쉽고 편안한 일만 하려 하지 누구도 비잔티움 시대 토굴 파는 일 따위엔 관심이 없어요. 가능하다면, 고고학자가 일반인 대신 늙은 연금수급자를 고용하려 한다고 생각지 않나요?

구스타브: 카를로 아저씨가 연금수급자인가요?

리나: 물론이죠.

구스타브: 그분이 여기 남는다면 10년이나 토굴을 파겠네요. 그분이 떠나서 아주 좋아요.

리나: 아니요, 아냐! 카를로 아저씨는 봄까지만 일한다고 말했어요.

구스타브: 이제 12월인데, 그분이 떠나서 아주 좋아요.

리나: 카를로 아저씨는 정원을 가지고 있어서 봄과 여름엔 자기 정원에서 일한다고 말했어요. 왜 그분을 내쫓았나요? 왜 당신은 참을성이 그렇게도 없나요?

구스타브: 봄까지?

리나: 예, 카를로 아저씨는 겨울에만 우리 집에서 일하니까. 그분도 류머티즘으로 고생해요, 왜 그분을 내쫓았나요?

구스타브: 겨울에만 토굴을 판다고?

리나: 아니요, 이것이 그의 첫 토굴이었어요. 왜 그분을 내쫓았나요?

**GUSTAV:** Sed kion alian li fosas vintre en la loĝejoj?

**LINA:** Vintre li riparas gasfornojn, televidilojn, lavmaŝinojn, telefonojn, magnetofonojn, gramofonojn, horloĝojn... kial vi forpelis lin?

**GUSTAV:** Ĉu li kompetentas pri ĉiuj tiuj aparatoj?

**LINA:** Ne.

**GUSTAV:** Sed kiel li riparas ilin?

**LINA:** Li portas ilin al aliaj riparistoj, kaj poste li petas de la posedantoj pli da mono por la riparo, ol la aliaj riparistoj. Kial vi forpelis lin? Ja, li povis ripari ankaŭ nian magnetofon.

**GUSTAV:** Bonege, ke li foriris sola!

**LINA:** Sed li estis ege simpatia kaj amuza homo. Kial vi forpelis lin?

**GUSTAV:** Bone li amuzis vin. Certe tutan semajnon vi ne enuis kun via oĉjo Karlo?

**LINA:** Sed Gustav, ne komencu denove. Ja, vi ne estas infano. Neniam mi supozis, ke tiom ĵaluza vi estas. Ni nur konversaciis. Kion ni faru tutan semajnon kune, ĉu ni silentu?

**GUSTAV:** Bonege, ke li foriris sola!

(Gustav iras al la banejo, sed evidentiĝas, ke la pordo de la banejo estas ŝlosita de interne.

구스타브: 겨울에 집에서 다른 어떤 것을 팔았나요?

리나: 겨울에 그분은 가스난로, TV, 세탁기, 전화기, 카세트, 축음기, 시계 같은 걸 고쳤어요. 왜 그분을 내쫓았나요?

구스타브: 그는 모든 기구 수리에 실력이 있나요?

리나: 아니오.

구스타브: 그러면 어떻게 그것들을 수리하나요?

리나: 그것들을 다른 수리업자에게 가져다주고, 나중에 소유자에게 다른 수리업자들보다 더 많은 수리비를 요구했지요. 왜 그분을 내쫓았나요? 정말 그분은 우리 카세트를 고칠 수 있어요.

구스타브: 그분이 혼자 떠나서 아주 좋아요.

리나: 그분은 아주 착하고 명랑한 분이에요. 왜 그분을 내쫓았나요?

구스타브: 그분이 당신을 아주 즐겁게 해주었겠네요. 분명 일주일 내내 카를로 아저씨랑 지루하지 않았겠네요.

리나: 그래도 구스타브, 다시 시작하지 말아요. 당신은 아이가 아니에요. 그렇게 질투가 많은지 짐작도 못 했어요. 우리는 단지 대화만 했지요. 일주일 내내 우리가 함께 무엇을 했다고요? 조용히 하세요.

구스타브: 그분이 혼자 떠나서 아주 좋아요.

(구스타브는 욕실에 간다. 하지만 욕실 문이 안에서 잠긴 것이 분명하다.

Gustav surprizita provas malfermi la pordon, sed vane.)

GUSTAV: Lina, la banejo estas ŝlosita.
LINA: (trankvile) Malŝlosu ĝin.
GUSTAV: Sed la ŝlosilo ne estas kun mi.
LINA: Ankaŭ kun mi ne estas.
GUSTAV: Iu ŝlosis la banejon de la alia flanko, de interne.
LINA: Kiu ŝlosis ĝin?
GUSTAV: Ankaŭ mi demandas tion!
LINA: Kiam mi estas ĉi tie, en la ĉambro, mi ne kutimas ŝlosi banejon de la alia flanko, de interne.
GUSTAV: Kiam mi estas en la banejo, eĉ tiam mi ne kutimas ŝlosi ĝin.
LINA: Ĉu? Mi ne sciis. Tiam kiu ŝlosis ĝin? Ni ambaŭ estas ĉi tie, ĉu ne?
GUSTAV: Jes, ankaŭ mi bone vidas, ke ni, vi kaj mi, estas ĉi tie, sed tio ne signifas, ke neniu estas en nia banejo.
LINA: Sed kiu povas esti en nia banejo?
GUSTAV: Ĉu hazarde viaj misteraj arkeologoj ne venis denove?
LINA: Gustav, vi jam vere iĝis ege suspektema.

놀란 구스타브는 문을 열려고 했지만, 헛수고였다)

구스타브: 리나, 욕실이 잠겼네요.
리나: (편안하게) 열어보세요.

구스타브: 내겐 열쇠가 없어요.
리나: 나도 가지고 있지 않아요.

구스타브: 누가 욕실 안에서 문을 잠갔어요.
리나: 누가 문을 잠갔을까요?
구스타브: 내가 묻고 싶은 말이에요.
리나: 내가 여기 방에 있을 때, 보통은 욕실 문을 잠그지 않아요.

구스타브: 내가 욕실에 있을 때도 나는 보통 문을 잠그지 않아요.
리나: 정말? 난 몰라요. 누가 문을 잠갔지? 우리 둘은 여기에 있는데, 그렇죠?

구스타브: 그래, 나와 당신 우리 두 사람은 여기 있는데, 그럼 누군가 욕실에 있다는 걸 의미해.
리나: 하지만 누가 우리 욕실에 있을 수 있나요?

구스타브: 혹시 당신의 신비로운 고고학자가 다시 오지 않았을까?
리나: 구스타브, 당신은 진짜 너무 의심하는 경향이 있어요.

**GUSTAV**: Aŭ ankaŭ en la banejo iu serĉas bizancan kripton, ĉu?

**LINA**: Gustav?!

**GUSTAV**: Tuj mi ekscios kiu kaŝe restadas en mia propra banejo!

(Gustav komencas frapi la pordon kaj krii.)

**GUSTAV**: Eliru! Eliru!

(Silento.)

**GUSTAV**: Eliru! Eliru! Tuj mi alvokos la policon!

(Silento.)

**GUSTAV**: Eliru! Eliru! Mi dispecigos la pordon!

(Silento.)

**GUSTAV**: (al Lina) Li timas. (Gustav denove krias.) Eliru! Eliru! Tuj mi dispecigos la pordon!

(El la banejo aŭdiĝas la voĉo de oĉjo Karlo.)

구스타브: 아니면 욕실에도 누군가 비잔티움 시대 토굴을 찾고 있구나, 그렇지?

리나: 구스타브!

구스타브: 누가 몰래 내 욕실에 머물고 있는지 난 금세 알아낼 거야.

(구스타브는 문을 두드리며 소리치기 시작한다)

구스타브: 나가라! 나가!
(침묵)

구스타브: 나가라! 나가! 곧 내가 경찰을 부를 거야!
(조용)

구스타브: 나가라! 나가! 내가 문을 부숴버릴 거야.
(조용)

구스타브: (리나에게) 그가 무서워한다.
(구스타브는 다시 소리친다) 나가라! 나가! 곧 내가 문을 부술 거야.

(욕실에서 카를로 아저씨의 소리가 들린다)

**KARLO;** Dispecigu ĝin trankvile, la pordo estas la via.

(Gustav, preskaŭ falas pro la surprizo.)

**GUSTAV:** (al Lina) Via oĉjo Karlo estas en la banejo.

**LINA:** (ĝoje) Oĉjo Karlo estas ĉi tie, oĉjo Karlo estas ĉi tie!

**KARLO:** (al Lina) Kial vi ĝojas?! Tuj mi dispecigos la pordon, kaj mi frakasos lian kranion!

**LINA:** Ne! Mi ne permesas! Se li ankoraŭ estas ĉi tie, mi plu ne permesos al vi forpeli lin!

**GUSTAV:** Ĉu?!

**LINA:** Bonege, ke oĉjo Karlo restis en la banejo!

**GUSTAV:** (embarasite) Sed mi deziras iri al la necesejo.

**LINA:** Pli gravas, ke oĉjo Karlo estas en la banejo.

**GUSTAV:** Sed mi devas viziti la necesejon!

**LINA:** Tio ne interesas min. Vi forpelis lin.

**GUSTAV:** Sed mi ne diris al li: iru en la banejon.

**LINA:** Al neniu vi rajtas ordoni; iru en la banejon, aŭ eliru el la banejo.

**GUSTAV:** Sed nun mi devas eniri la banejon.

카를로: 조용히 부수세요, 문은 당신 것이니까!

(구스타브는 놀라서 거의 넘어졌다)

구스타브: 당신의 카를로 아저씨가 욕실에 있네.
리나: (기쁘게) 카를로 아저씨! 여기 계시네. 카를로 아저씨가 여기 계셔.
카를로: (리나에게) 왜 기뻐하나요? 곧 내가 문을 부수고 그의 두개골을 때려 부술 겁니다.
리나: 아니오, 허락할 수 없어요. 카를로 아저씨가 여기 있다면, 나는 당신이 아저씨를 쫓도록 그냥 두고 보진 않을 거예요!

구스타브: 정말?
리나: 카를로 아저씨가 욕실에 있어서 정말 좋아요.

구스타브: (당황해서) 하지만 나는 화장실에 가고 싶어요.
리나: 카를로 아저씨가 욕실에 있는 게 더 중요해요.

구스타브: 하지만 나는 화장실에 가야만 해요.
리나: 난 별 관심 없어요. 당신이 그를 쫓아냈어요.
구스타브: 하지만 나는 그에게 욕실에 가라고 하지 않았어요.
리나: 누구에게도 당신은 욕실로 들어가라, 아니면 욕실에서 나오라 명령할 권리가 없어요.
구스타브: 하지만 지금 나는 욕실에 가야만 해요.

**LINA**: Ĉiu rajtas resti en la banejo ĝis li aŭ ŝi mem deziras tion.

(Gustav frapas la pordon.)

**GUSTAV**: (krias) Rapide eliru el la banejo, kanajlo!
**LINA**: Se vi tiamaniere krias, li neniam eliros el la banejo.
**GUSTAV**: Kion mi faru, ĉu mi pisu en la kripton?!
**LINA**: (mentore) Gustav, mi pensis, ke vi estas bone edukita homo, kaj ne bubo.
**GUSTAV**: Diable! Mi ne eltenas plu!
**LINA**: Se vi estus iom pli kara al li, li certe eliros el la banejo.
**GUSTAV**: Diru al li, ke mi ne plu forpelos lin, kaj mi lasos lin labori en nia loĝejo ne ĝis la printempo, sed ĝis la venonta somero.
**LINA**: Vi diru tion al li. Vi forpelis lin.
**GUSTAV**: Diable, mi ne eltenas plu!

(Gustav iras al la pordo de la banejo, genuiĝas, kaj komencas peti oĉjon Karlon.)

**KARLO**: (malantaŭ la pordo) ‒ Jes, jes, mi sciis, ke vi serĉos min, kaj vi petos min prifosi la kripton.

리나: 모든 사람은 스스로 원할 때까지 욕실에 있을 권리가 있어요.

(구스타브가 문을 두드린다)

구스타브: (소리친다) 욕실에서 빨리 나와! 이 불한당아!
리나: 그런 식으로 당신이 소리 지르면, 그는 절대 욕실에서 나오지 않을 거예요.
구스타브: 내가 무엇을 할까? 지하실에 오줌을 눠야 하나?
리나: (충고하듯) 구스타브, 당신은 교육을 잘 받은 사람이지 아이가 아니라고요.
구스타브: 젠장, 난 더는 참을 수 없어요!
리나: 당신이 조금만 더 아저씨에게 친절했다면, 분명히 욕실에서 나왔을 텐데….
구스타브: 그에게 더는 내쫓지 않을 거라고 말해요. 그가 내 집에서 봄까지가 아니라 내년 여름까지 일하도록 내버려 둘게요.
리나: 당신이 그걸 카를로 아저씨에게 직접 말하세요. 당신이 쫓아냈잖아요.
구스타브: 젠장, 나는 더 참을 수 없어.

(구스타브는 욕실 문으로 가서 무릎을 꿇고 카를로 아저씨에게 부탁한다)

카를로: (문 뒤에서) 예, 예, 난 당신이 다시 날 찾을 것이고, 내게 토굴을 파도록 요청할 걸 알았죠.

GUSTAV: Bonvolu malfermi la pordon kaj eliri, ĉar plu mi ne eltenas. Vi estas bona, komprenema homo.

(La pordo malfermiĝas kaj oĉjo Karlo eliras.)

KARLO: Bone, ke mi havas bonan koron.

(Gustav fulme eniras la banejon.)

LINA: Oĉjo Karlo, kiel ĝoja mi estas, ke vi ne foriris, kaj vi daŭrigos la prifosadon, ĉu ne?
KARLO: Por vi, sinjorino, mi faros ĉion.
LINA: Gustav ne plu ofendos vin, kaj vi ne foriros, ĉu?
KARLO: Mi volonte restos ĉi tie, kara sinjorino.

(Gustav, ridanta feliĉe, eliras el la banejo.)

GUSTAV: Oĉjo Karlo, granda ŝercemulo vi estas. Mi gratulas vin. Tiajn gajajn homojn mi amas. Venu nun, por ke ni vespermanĝu kune. Ni lasu tiun ĉi kripton. Tre bonan vinon mi alportis el Parizo. Lina, aranĝu la tablon. Hodiaŭ ni vespermanĝos kune kun nia kara oĉjo Karlo.
LINA: Bonege!

구스타브: 문을 열고 나와 주세요, 더는 참을 수 없으니까요! 아저씨는 좋고 이해심 많은 분입니다.

(문이 열리고 카를로 아저씨가 나온다)

카를로: 내가 마음씨 하나는 착한 게 다행인 줄 아시오.

(구스타브는 번개처럼 욕실로 들어간다)

리나: 카를로 아저씨, 떠나지 않아서 너무 기뻐요! 계속 땅을 파실 거죠, 그렇죠?
카를로: 아주머니를 위해 뭐든 할게요.

리나: 구스타브는 이제 아저씨를 성나게 하지 않을 거예요. 떠나지 않으실 거죠, 그렇지요?
카를로: 나는 기꺼이 여기 머물게요, 상냥한 아주머니!

(구스타브는 행복하게 웃으며 욕실에서 나온다)

구스타브: 카를로 아저씨, 정말 농담도 잘 하시네요. 축하드립니다. 그런 즐거운 사람을 저는 좋아합니다. 같이 저녁 식사하게 어서 오세요. 토굴은 놔두죠. 아주 좋은 포도주를 파리에서 가져왔어요. 리나, 식당을 정리해요. 오늘 우리는 친절한 카를로 아저씨랑 같이 저녁을 먹어요.

리나: 아주 좋아요.

(Lina eliras por prepari la vespermanĝon. Gustav metas sur la tablon botelon de vino kaj glasojn.)

GUSTAV: Tre ŝercema vi estas, oĉjo Karlo, je via sano.

KARLO: Je via sano. Diru nun, kio novas en Parizo? Ĉu vi estis en Louvre, ĉu vi vizitis multajn muzeojn?

GUSTAV: Jes, sed se mi estus sciinta, ke mi havos en mia loĝejo unikan bizancan kripton, unu Parizan muzeon mi ne vizitus.

KARLO: Vi pravas, en neniu alia lando estos tia unika bizanca kripto. Tamen, ni lasu jam tiun ĉi kripton. Ĉu vi estis en la katedralo Notre-Dame de Paris?

GUSTAV: Kompreneble.

KARLO: Ĉu Notre-Dame de Paris havas kripton? Tamen, ni lasu jam tiujn ĉi kriptojn. Jen, terura estas mia profesia scivolemo. Do, ni parolu pri aliaj temoj. Cetere, kie vi aĉetis la telerojn kaj tasojn, ĉar somere ankaŭ mi vojaĝos al Parizo.

GUSTAV: En Champs Élysécs.

KARLO: Koran dankon, kaj la robon?

GUSTAV: Ĉu la kimonon?

KARLO: Jes.

GUSTAV: En Place de la Concorde.

(리나는 저녁을 준비하러 나간다. 구스타브는 탁자 위에 포도주병과 잔을 둔다)

구스타브: 농담을 아주 잘 하시네요. 카를로 아저씨! 건강을 위하여!

카를로: 건강을 위하여! 지금 파리에 새로운 게 뭐가 나왔나 말해 봐요. 루브르 박물관에 갔나요? 박물관을 여러 군데 방문했나요?

구스타브: 예, 하지만 우리 집에 독특한 비잔티움 시대 토굴이 발굴될 줄 알았더라면 파리의 박물관 한 곳은 방문하지 않았을 텐데.

카를로: 맞아요. 다른 어느 나라에도 독특한 비잔티움 시대 토굴은 없어요.
파리의 노트르담 대성당엔 갔나요?

구스타브: 물론이죠.

카를로: 노트르담 대성당엔 토굴이 있나요? 하지만 우리는 벌써 이 토굴을 두었어요. 내 직업적인 호기심은 아주 커요. 이젠 다른 주제에 관해 이야기해요. 그 외 접시와 잔을 어디서 샀나요? 여름에 나도 파리에 여행가니까.

구스타브: **샹프스에릭세**에서요.

카를로: 정말 고마워요, 그리고 옷은?

구스타브: 기모노요?

카를로: 예.

구스타브: **콩코르드**광장에서.

**KARLO**: Koran dankon, ĉar ankaŭ mi iros en Parizon ne por rigardi kriptojn, kompreneble, sed por aĉetadi.

(Eniras Lina kaj alportas la vespermanĝon.)

**LINA**: Bonan apetiton.
**KARLO**: Dankon, dankon. La franca vino estas bona.
**GUSTAV**: Jes, la francaj vinoj estas la plej bonaj.
**KARLO**: Ne! La plej bonaj estas la hungaraj vinoj.
**GUSTAV**: La francaj!
**LINA**: Gustav, kial vi disputas, ankaŭ vi bone scias, ke la hungaraj vinoj estas la plej bonaj. Se oĉjo Karlo diras, ke la hungaraj vinoj estas la plej bonaj — tio estas tiel!

(Gustav iom malkontente alrigardas Linan, sed tuj li afable ekridetas.)

**GUSTAV**: Kompreneble, ankaŭ mi deziris diri, ke la hungaraj vinoj estas la plej bonaj.
**KARLO**: Sed pli bona ol mia vino ne estas. Mi kutimas sola prepari la hejman vinon. Ruĝa vino kiel sango! Aŭtune, kiam mi preparas la vinon, mi vendos al vi speciale, kelkajn litrojn.

카를로: 정말 고마워요. 나도 파리에 갈 테니까. 토굴을 보러 가는 것이 아니라 물건을 사러.

(리나가 저녁을 가지고 들어온다)

리나: 맛있게 드세요.
카를로: 감사해요. 감사해! 프랑스 포도주가 좋네요!

구스타브: 예, 프랑스 포도주가 가장 좋아요!
카를로: 아니요, 가장 좋은 건 헝가리 포도주예요!

구스타브: 프랑스산(産)이죠!

리나: 구스타브, 왜 싸워요? 당신도 헝가리산 포도주가 가장 좋은 걸 잘 알면서! 카를로 아저씨가 헝가리 포도주가 가장 좋다고 말하면, 그런 거라고요!

(구스타브는 조금 불만스럽게 리나를 바라보지만, 곧 상냥하게 웃음 짓는다)

구스타브: 물론, 나도 헝가리 포도주가 가장 좋다고 말하고 싶어요.

카를로: 내 포도주보다 더 좋은 건 없어요! 난 보통 집에서 혼자 포도주를 만들어요. 피처럼 붉은 포도주! 가을에 포도주를 만들 때 특별히 몇 리터 당신에게 팔게요.

GUSTAV: Ruĝan vinon mi ne ŝatas.

(Lina piedbatas Gustavon sub la tablo.)

LINA: Gustav, kion vi parolas, ĉu vi forgesis, ke vi trinkas nur ruĝan vinon. Nun escepte vi portis blankan, ĉar verŝajne, ĝuste nun en Parizo ne estis ruĝa vino, ĉu ne?

GUSTAV: Jes, jes. Imagu, oĉjo Karlo, en la tuta Parizo mi ne trovis ruĝan vinon. Diru al mi, ĉu tio povas esti urbo? Tamen iuj nomas ĝin ĉefurbo de Eŭropo!

LINA: Aŭtune ni nepre aĉetos de ocjo Karlo kelkajn botelojn da ruĝa vino, ĉu ne?

GUSTAV: Jes, kompreneble.

LINA: Sed nun kial vi ne provos kune prifosi la kripton?

GUSTAV: Ĉu ni?

LINA: Jes, vi kaj oĉjo Karlo. Tiel, kiel bone vi babiladas kune, vi certe povas bone fosi kune, ĉu ne? Kial vi ne provas?

KARLO: Kial ne. La prifosado similas al la vivo. Ĉiuj ni fosas la tutan vivon, kaj ĉiuj ni serĉas nian feliĉon. Iuj ne scias kial fosas, aliaj ne scias kion serĉas, sed grava estas la fosado. Ek al laboro!

구스타브: 적포도주는 좋아하지 않아요!

(리나는 탁자 아래서 뻗은 발로 구스타브를 찬다)

리나: 구스타브, 무슨 말이에요? 당신은 항상 적포도주만 마신다는 걸 잊었나요? 지금 예외적으로 하얀 포도주를 사 왔잖아요. 마침 파리에는 적포도주가 없으니까, 그렇죠?

구스타브: 예, 그래요, 카를로 아저씨! 파리를 죄다 뒤졌는데도 적포도주를 찾지 못했다고 상상해 보세요! 그것이 도시일 수 있다고 말해주세요! 하지만 누군가는 그걸 유럽의 중심도시라고 부르죠.

리나: 가을에 우리는 반드시 카를로 아저씨한테 적포도주 몇 병을 살게요, 그렇죠?

구스타브: 예, 물론이죠!

리나: 그런데 당신은 왜 함께 토굴을 파려고 하지 않나요?

구스타브: 우리가?

리나: 예, 당신과 카를로 아저씨! 그렇게 둘이 말을 잘 나누었으니 분명 함께 잘 팔 수 있을 거예요, 그렇죠? 왜 당신은 시도하지 않나요?

카를로: 왜 아닌가요? 파는 것도 인생과 닮았어요. 우리는 모두 인생을 파요. 우리는 모두 우리의 행복을 찾아요. 누군가는 왜 파는지 알지 못해요. 또 다른 사람은 무엇을 찾는지 알지 못해요. 하지만 일단 파는 게 중요해요! 일하러 가요.

(Oĉjo Karlo solene enmanigas al Gustav la pioĉon. Gustav embarasita prenas ĝin kaj eniras la truon. Oĉjo Karlo restas ekstere kaj komencas direkti la laboron de Gustav.)

**KARLO**: Pli rekte tenu la pioĉon! Pli forte batu, per pli granda impeto! Oni vidu, ke vi ĝuas la fosadon, ke de via vizaĝo radias feliĉo. Jes, ekridetu iomete!

**LINA**: Gustav, vi ekridetis bonege. Mi tuj fotos vin kaj mi aperigos vian foton en iu gazeto. Sub la foto ni skribos: „Prifosado de kripto – persona entrepreno". Bonege, ĉu ne?

**KARLO**: (al Lina) – Jes, li havas talenton. Se li estas obstina, li iĝos perfekta fosisto. Bone, bone.

**LINA**: Sed, oĉjo Karlo, vidu, kiel talente li levas la pioĉon, kvazaŭ li naskiĝis kun pioĉo.

**KARLO**: Jes, jes, mi estas kontenta pri via edzo, sinjorino. Tiajn junulojn bezonas nia lando – kuraĝajn, fortajn, iniciatemajn, kaj ne ekskursantojn, kiuj vizitas Parizon por aĉeti telerojn kaj robojn. Bone, bone. Pli forte batu, pli forte! Nun iom dekstre, nun iom maldekstre. Nun prenu la ŝovelilon! Nun denove prenu la pioĉon! Bone, bone. (Al Lina) Kara sinjorino, bonvolu doni el mi glason da vino.

(카를로 아저씨는 엄숙하게 구스타브에게 곡괭이를 쥐여 준다. 구스타브는 당황해서 그것을 잡고 구멍으로 들어 간다. 카를로 아저씨는 밖에 남아서 구스타브에게 일을 지시한다)

카를로: 곡괭이를 잘 잡아요. 더 세게 내리꽂아요. 더 큰 충격을 가해요. 당신이 파는 걸 즐기는 걸, 얼굴에 행복이 빛나는 걸 사람들이 볼 수 있도록. 예, 조금 웃어봐요.
리나: 구스타브, 당신은 아주 잘 웃잖아요! 나는 곧 당신을 찍을 거예요. 당신 사진을 어느 잡지에 보낼게요. 사진 아래 이렇게 써야죠. 토굴 파기에 일반인도 착수! 아주 좋지요, 그렇죠?

카를로: (리나에게) 예, 남편에겐 재능이 있어요! 그에게 의지가 있다면 완벽한 땅 파는 일꾼이 될 거예요! 좋아요, 아주 좋아!
리나: 카를로 아저씨! 보세요! 마치 곡괭이와 함께 태어난 것처럼 곡괭이를 얼마나 능숙하게 드는지!

카를로: 예, 맞아요, 아주머니! 당신 남편에게 난 만족해요. 이런 젊은이를 우리나라는 필요로 해요. 용기 있고 힘세고 능동적이고! 접시와 옷을 사려고 파리를 방문하는 여행객이 아니라…. 좋아요, 좋아, 더 세게 때려요! 더 세게! 자, 오른쪽으로, 지금은 조금 왼쪽으로! 자, 삽을 잡아요! 지금 다시 곡괭이를 들어요! 좋아, 좋아. (리나에게) 친절한 아주머니, 내게 포도주 한 잔 주세요.

Ne estas facila afero direkti tiun ĉi delikatan laboron. Mi jam ŝvitas.

LINA: Tuj, oĉjo Karlo, tuj mi donos al vi glason da vino. Bonvolu.

(Lina donas al oĉjo Karlo glason da vino.)

KARLO: Dankon, koran dankon. Nun mi komprenas kiom malfacilo estas direkti tutan entreprenon. Tamen ni daŭrigu. La labore ne atendas. (Al Gustav.) Pli forte, pli forte! Iam vi dankos al via oĉjo Karlo, ke li donis al vi metion. Ne estas simpla afero prifosi kriptojn. Atendu! Mi aŭdis ion, ĉu ŝtona plato?

LINA: Ĉu vi trovis ion?

KARLO: Ankoraŭ ne, sed eble jes. Daŭrigu junulo, daŭrigu. Pli rapide, pli rapide! Jes, mi tiuj divenis. Ĉi tie estas ŝtona plato!

LINA: Dio mia, mi ne kredas! La kripto! La kripto!

KARLO: (al Gustav) - Levu la ŝtonplaton! Pli forte, pli forte. Prenu la levstangon! Kio estas tio?

(Gustav donas al oĉjo Karlo aŭtomobilan stirilon.)

KARLO: Ĉu stirilo?! Unika bizanca stirilo!

이런 섬세한 일을 가르치는 게 쉽지 않네요. 벌써 땀이 나요!

리나: 카를로 아저씨, 바로 포도주 한잔 드릴게요, 쭉 들이키세요!

(리나는 카를로 아저씨에게 포도주잔을 준다)

카를로: 감사해요, 정말 감사해요. 지금 나는 착수를 가르치는 것이 얼마나 힘든지 알았어요. 하지만 우리는 계속할게요. 일은 기다리지 않아요.
(구스타브에게) 더 세게! 더 세게! 언젠가 카를로 아저씨에게 일을 줬다고 고마워할 거예요. 토굴을 파는 건 간단한 일이 아니에요! 기다려요! 뭔 소리 들었어요? 돌판인가?
리나: 무언가 찾았나요?
카를로: 아직 아니에요! 하지만 아마 곧 찾을 겁니다. 젊은이, 계속해요! 계속해! 더 빨리, 더 빨리, 그래, 방금 촉이 딱 왔어요. 여기에 돌판이 있어요!
리나: 아이고, 믿을 수 없네요! 토굴! 토굴!
카를로: (구스타브에게) 돌판을 들어요. 더 세게, 더 세게. 지렛대를 잡아요. 그건 뭔가요?

(구스타브는 카를로 아저씨에게 자동차 운전대를 준다)

카를로: 운전대? 독특한 비잔티움 시대의 운전대?

**GUSTAV**: Sed, oĉjo Karlo, ni serĉas bizancan kranion, ĉu ne?

**KARLO**: Ne gravas. Ankaŭ Kristofo Kolumbo serĉis Hindion kaj trovis Amerikon.

**LINA**: Hura! La kripto estas ĉi tie! Ni havos novan loĝejon!

**GUSTAV**: Sed kion faru tiuj, sub kies dormoĉambroj ne estas unikaj bizancaj stiriloj?

Fino

Budapeŝto, la 28-an de februaro 1984.

구스타브: 하지만 카를로 아저씨, 우리는 비잔티움 시대 두개골을 찾는 거잖아요, 그렇죠?

카를로: 중요치 않아요, 크리스토퍼 콜럼버스도 인도를 찾았는데 미대륙을 발견했지요!

리나: 만세! 토굴이 여기 있네요, 우리는 새집을 가질 거예요!

구스타브: 하지만 자기 침실 아래 독특한 비잔티움 시대의 운전대가 없는 사람들은 무엇을 할까?

끝.

1984 2월 28일 부다페스트에서.

## PRI LA AŬTORO

Julian Modest (Georgi Mihalkov) naskiĝis la 21-an de majo 1952 en Sofio, Bulgario. En 1977 li finis bulgaran filologion en Sofia Universitato "Sankta Kliment Ohridski", kie en 1973 li komencis lerni Esperanton. Jam en la universitato li aperigis Esperantajn artikolojn kaj poemojn en revuo "Bulgara Esperantisto".

De 1977 ĝis 1985 li loĝis en Budapeŝto, kie li edziĝis al hungara esperantistino. Tie aperis liaj unuaj Esperantaj noveloj. En Budapeŝto Julian Modest aktive kontribuis al diversaj Esperanto-revuoj per noveloj, recenzoj kaj artikoloj.

De 1986 ĝis 1992 Julian Modest estis lektoro pri Esperanto en Sofia Universitato "Sankta Kliment Ohridski", kie li instruis la lingvon, originalan Esperanto-literaturon kaj
historion de Esperanto-movado. De 1985 ĝis 1988 li estis ĉefredaktoro de la eldonejo de Bulgara Esperantista Asocio. En 1992-1993 li estis prezidanto de Bulgara Esperanto-Asocio.

Nuntempe li estas unu el la plej famaj bulgar-lingvaj verkistoj. Kaj li estas membro de Bulgara Verkista Asocio kaj Esperanta PEN-klubo.

## 저자에 대하여

율리안 모데스트는 1952년 5월 21일 불가리아의 소피아에서 태어났다. 1977년 소피아의 '성 클리멘트 오리드스키' 대학에서 불가리아어 문학을 공부했는데 1973년 에스페란토를 배우기 시작했다. 이미 대학에서 잡지 '불가리아 에스페란토사용자'에 에스페란토 기사와 시를 게재했다.

1977년부터 1985년까지 부다페스트에서 살면서 헝가리 에스페란토사용자와 결혼했다. 첫 번째 에스페란토 단편 소설을 그곳에서 출간했다. 부다페스트에서 단편 소설, 리뷰 및 기사를 통해 다양한 에스페란토 잡지에 적극적으로 기고했다. 그곳에서 그는 헝가리 젊은 작가 협회의 회원이었다.

1986년부터 1992년까지 소피아의 '성 클리멘트 오리드스키' 대학에서 에스페란토 강사로 재직하면서 언어, 원작 에스페란토 문학 및 에스페란토 운동의 역사를 가르쳤고. 1985년부터 1988년까지 불가리아 에스페란토 협회 출판사의 편집장을 역임했다.

1992년부터 1993년까지 불가리아 에스페란토 협회 회장을 지냈다.

현재 불가리아에서 가장 유명한 작가 중 한 명이다.

불가리아 작가 협회의 회원이며 에스페란토 PEN 클럽 회원이다.

Julian Modest estas aŭtoro de jenaj Esperantaj verkoj:

1. "Ni vivos!" –dokumenta dramo pri Lidia Zamenhof. Eld.: Hungara Esperanto-Asocio, Budapeŝto,1983.
2. "La Ora Pozidono" –romano. Eld.: Hungara Esperanto-Asocio, Budapeŝto, 1984.
3. "Maja pluvo" –romano. Eld.: "Fonto", Chapeco, Brazilo, 1984.
4. "D-ro Braun vivas en ni". Enhavas la dramon "D-ro Braun vivas en ni" kaj la komedion "La kripto". Eld.: Hungara Esperanto-Asocio, Budapeŝto, 1987.
5. "Mistera lumo" –novelaro. Eld.: Hungara Esperanto-Asocio, Budapeŝto, 1987.
6. "Beletraj eseoj" –esearo. Eld.: Bulgara Esperantista Asocio, Sofio, 1987.
7. "Ni vivos!" –dokumenta dramo pri Lidia Zamenhof –grandformata gramofondisko. Eld.: "Balkanton", Sofio, 1987
8. "Sonĝ vagi" –novelaro. Eld.: Bulgara - Esperanto-Asocio, Sofio, 1992.
9. "Invento de l' jarcento" –enhavas la komediojn "Invento de l' jarecnto" kaj "Eŭopa firmao" kaj la dramojn "Pluvvespero", "Enŝeliĝ en la koron" kaj

"Stela melodio". Eld.: Bulgara Esperanto-Asocio, Sofio, 1993.

10. "Literaturaj konfesoj" ⁻esearo pri originala kaj tradukita Esperanto-literaturo. Eld.: Esperanto-societo "Radio", Pazarĝik, 2000.

11. "La fermita konko" ⁻novelaro. Eld.: Al-fab-et-o, Skovde, Svedio, 2001.

12. "Bela songˆ" ⁻novelaro, dulingva Esperanta kaj korea. Eld.: "Deoksu" Seulo, Suda Koreujo, 2007.

13. "Mara Stelo" ⁻novelaro. Eld.: "Impeto" ⁻ Moskvo, 2013

14. "La viro el la pasinteco" ⁻novelaro, esperantlingva. Eldonejo DEC, Kroatio, 2016, dua eldono 2018.

15. "Dancanta kun ŝarkoj" - originala novelaro, eld.: Dokumenta Esperanto-Centro, Kroatio, redaktoro: Josip Pleadin, 2018

16. "La Enigma trezoro" - originala romano por adoleskuloj, eld.: Dokumenta Esperanto-Centro, Kroatio, redaktoro: Josip Pleadin, 2018

17. "Averto pri murdo" - originala krimromano, eld.: Eldonejo "Espero", Peter Balaz, Slovakio, 2018

18. "Murdo en la parko" - originala krimromano, eld.: Eldonejo "Libera", Lode Van de Velde, Belgio, 2018

19. "Serenaj matenoj" - originala krimromano,

eld.: Eldonejo "Libera", Lode Van de Velde, Belgio, 2018

20."Amo kaj malamo" - originala krimromano, eld.: Eldonejo "Libera", Lode Van de Velde, Belgio, 2019

21."Ĉsisto de sonĝj" - originala novelaro, eld.: Eldonejo "Libera", Lode Van de Velde, Belgio, 2019

22."Ne forgesu mian voĉn" -du noveloj, eld.: Eldonejo "Libera", Lode Van de Velde, Belgio, 2020

23. "Tra la padoj de la vivo" -originala romano, eld.: Eldonejo "Libera", Lode Van de Velde, Belgio, 2020

24."La aventuroj de Jombor kaj Miki" -infanlibro, originale verkita en Esperanto, eld.: Dokumenta Esperanto-Centro, Kroatio, redaktoro: Josip Pleadin, 2020

25. "Sekreta taglibro" - originala romano, eld.: Eldonejo "Libera", Lode Van de Velde, Belgio, 2020

26. "Atenco" - originala romano, eld.: Eldonejo "Libera", Lode Van de Velde, Belgio, 2021

## 율리안 모데스트의 저작들

-우리는 살 것이다!:리디아 자멘호프에 대한 기록드라마

-황금의 포세이돈: 소설

-5월 비: 소설

-브라운 박사는 우리 안에 산다: 드라마

-신비한 빛: 단편 소설

-문학 수필: 수필

-바다별: 단편 소설

-꿈에서 방황: 짧은 이야기

-세기의 발명: 코미디

-문학 고백: 수필

-닫힌 조개: 단편 소설

-아름다운 꿈: 짧은 이야기

-과거로부터 온 남자: 짧은 이야기

-상어와 함께 춤을: 단편 소설

-수수께끼의 보물: 청소년을 위한 소설

-살인 경고: 추리 소설

-공원에서의 살인: 추리 소설

-고요한 아침: 추리 소설

-사랑과 증오: 추리 소설

-꿈의 사냥꾼: 단편 소설

-내 목소리를 잊지 마세요: 중편소설 2편

-인생의 오솔길을 지나: 여성 소설

-욤보르와 미키의 모험: 어린이책

-비밀 일기: 소설

-모해: 소설

# 번역자의 말

『브라운 박사는 우리 안에 산다』는 희곡작품으로 재미있고 유익한 철학 소설입니다.

**이 책을 구매하신 모든 분께 감사드립니다.**

무명의 브라운 박사가 암 치료제를 발견했다고 세마이노 잡지 기자인 마르크가 특집기사를 낸 깃으로 이야기는 시작됩니다.

권위 있는 암 과학연구소는 3년 전에 브라운 박사의 치료제 자료를 받았지만 다른 연구도 바쁘고 돈도 되지 않는 등 여러 사정으로 무시했기에 기사를 보고 놀랍니다.

이 연구소 연구위원인 도리스는 마르크의 여자친구입니다. 긴급회의를 통해 제대로 조사도 하지 않고 바로 반박 기사를 쓰려는 연구소와 마찰을 빚습니다.

한편 연구소장은 세마이노 잡지사를 찾아가 편집장의 지난 행적을 문제 삼아 대충 사건을 무마하려고 합니다.

서로 자기 입장을 내세우는 사람들의 행태가 유머 있게 철학적으로 대화를 통해 나타나 읽는 내내 공감하며 생각에 잠겼습니다.

또 다른 희곡작품 『토굴』은 비잔티움 시대의 문화유산인 토굴이 자기 집 지하에 있다고 고고학자가 말해서 토굴을 파고 있는데, 파리로 출장을 갔다 이틀이나 먼저 돌아온 남편 구스타브가 부인을 오해하며 빚어진 에피소드가 재미있습니다.

율리안 모데스트 작가의 아름다운 문체와 읽기 쉬운 단어로 인해 에스페란토 학습자에게는 아주 재미있고 유용한 책이라고 생각합니다.

책을 읽고 번역하면서 다시 읽게 되고, 수정하면서 다시 읽고, 책을 출판하기 위해 다시 읽고, 여러 번 읽게 되어 저는 아주 행복합니다.

바쁜 하루에서 조그마한 시간을 내어 내가 좋아하는 책을 읽고 묵상하는 것은 힘든 세상에서 우리를 지탱해 줄 힘을 얻기 때문입니다.

읽다가 잘못된 부분을 찾아 언제든지 연락해주시면 기꺼이 반영하도록 하겠습니다.

에스페란티스토 여러분의 실력 향상을 기원합니다.

참고로 율리안 모데스트의 저작들에서 굵은 색으로 표시된 책은 한글로 번역되어 출간되었습니다.

**오태영(mateno, 진달래출판사 대표)**